이 책을 만나는 소중한 인연으로
날마다 좋은 날 되소서.

_____님께 드립니다.

법당 가는 길

탄공 스님 시집

도서출판
청어

법당 가는 길

탄공 스님 지음

발행처	도서출판 청어
발행인	이영철
영업	이동호
홍보	천성래
기획	남기환
편집	이설빈
디자인	이수빈	김영은
제작이사	공병한
인쇄	두리터

등록 1999년 5월 3일
(제321-3210000251001999000063호)

1판 1쇄 발행 2024년 4월 10일

주소 서울특별시 서초구 남부순환로 364길 8-15 동일빌딩 2층
대표전화 02-586-0477
팩시밀리 0303-0942-0478
홈페이지 www.chungeobook.com
E-mail ppi20@hanmail.net

ISBN 979-11-6855-238-8(03810)

법당 가는 길

탄공 스님 시집

어느 날 갑자기 출가한 스님으로서 부처님의 가르침과
영원한 행복을 모색하기 위해 이 글을 쓰기 시작했습니다.
한 번도 본 적 없는 사람들에게
출가 수행자의 생활과 여러 사람의 생활이
결코 동떨어진 것이 아니라는 사실을 강조하고 싶었습니다.
제가 수행자로서 살아온 삶이 실수의 연속이었기에
조금은 부끄럽기도 하고 자랑할 것도 없습니다.
이 책은 저를 비롯한 재가자들의
귀감과 선행을 알리려는 의도가 아닙니다.
불교 법학이나 규율을 일깨우려는 의도도 아닙니다.
그저 언제나 저의 동반자이자 길잡이이신 부처님과
제가 절집에서 행복한 삶을 누릴 수 있도록
지혜와 자비를 베푸신 대중 스님들과
함께 살아가는 모습을 담았습니다.

저는 맨몸으로 출가하여 방황 속에 메말라갔지만,
'나의 모든 책임은 나 자신에게 있다'라는
부처님 법을 만나고부터 대중 스님들과 함께
당당하고 의연한 생활을 해왔습니다.
만약 부처님과 좋은 사람들을 만나지 못했다면
승려 생활 끝자락에서 삶의 목표를 정하지 못하고

예전처럼 방황했을 것입니다.
이분들은 제가 외로움 등의 모든 번뇌에서
벗어나도록 도우셨습니다.
저 또한 혼자만의 행복을 추구하기보다는,
모든 생명이 서로 조화를 이루고
함께 행복하길 바라며 이 글을 썼습니다.
그리고 번뇌하며 길을 헤매는 불자님들이
진정한 신행생활과 삶의 목적을 깨닫기를 바라며
어떤 끈을 건네는 심정으로 이 책을 엮었습니다.
모든 불자님, 부처님의 자비와 행복한 삶을
누릴 수 있기를 진심으로 기도드립니다.
대중 스님들과 함께한 생활이
언제나 제 눈시울을 뜨겁게 만들 듯이
이 책을 보시는 모든 분의 마음이 치유되기를
간절히 바랍니다.

이 책을 쓸 수 있도록 격려와 용기를 주신
대중 스님께 진심으로 감사드립니다.
그 무엇보다 늘 깨우침을 주신 부처님께
큰 절 삼배 올리며 감사드립니다.

차례

세 스님과 홍인이

외진 산사에
보고 듣고 깨치려 서로 각자
친한 벗 멀리하고 모인 세 스님
늘 팽팽하게 깨달음과 줄다리기하며
조용히 침묵만 흐르던 여름 끝날 무렵
허공을 휘젓는 듯 찾아온 사내아이 홍인이
스님들에게 던져진 불가의 믿음 하나로
마음 중심 잡고 사는 줄 알았는데
조용하던 온 산천을 큰소리로 으—앙~ 하고
두드리며 스님들을 찾는다
늘 찾아오던 햇볕도 어둠도
아무 소리도 없었는데 오늘은 다르다
소리 내어 스님들 가슴에 안기니
소리 없이 새록새록 잠을 잔다
세 스님은 지금부터 말없이
우왕좌왕 따로 없다
쳇바퀴 돌듯 늘 그렇게 수행 정진하던
비구니 스님들 품에 잘생긴 사내아이 품으니
드라마가 따로 없다며 좌충우돌하던 차,
세 스님과 홍인이의 절집 생활이
KBS 인간극장에 방영되었다

한 편의 드라마, 두 편의 드라마가
절집 행로가 되어 매일 야단법석
세 스님과 홍인이는 산사에서 보는 것
느끼는 것 함께한 날이 벌써
든든한 고등학생 총각이 되어
스님들의 영원한 보디가드가 되었습니다
많은 관심과 격려 아낌없이 준
좋은 분들 모두 성불하소서

홍인이의 사춘기

불가의 생활은 언제나 조용하고 고요한 하루 일상이다
홍인이가 절집에 태어나면서부터 모든 것이 바뀌었다
울었다가 웃었다가 반복하며 바쁜 하루 요즘 홍인이가
스스로 자기 마음을 흔들어 깨진 징처럼 목에 힘을 주고
소리를 질러보기도 하고 거친 말을 한 번씩 하며
스님들의 반응을 본다
감각의 쾌락을 즐기는 아이처럼 문도 한 번씩
주먹으로 쳐 보고 아이 아파하며 스스로 욕망에서
아픔을 느끼는 홍인이…
홍인아, 세상을 행복하게 슬기롭게 살아가려면
거짓말하지 말며 크고 작은 나쁜 행동은 하지 말아야
욕망과 탐욕이 가라앉는단다
학교가 가기 싫고 공부하기 싫으면 홍인이의 마음을
잘 살펴보아라
과거와 현재 미래까지 말이다
오늘 다 하지 못한 공부는 홍인이의 인생 속에
번뇌의 미련으로 남아 너의 발목을 잡을 것이다
지금은 힘들어도 홍인이는 똑똑하고 현명하니까
몸 마음 입으로 스님들이나 가족에게 상처를
주어서는 아니 된단다
너는 지금 마음속 정글에서 참선하지 말고 빨리 나와라

너를 사랑하는 스님들의 말씀이 때로는 싫을 거야
그러나 스님들의 은혜는 돌에 새기고 홍인이의 마음속
서운한 마음은 흘러가는 저 계곡물에 새기거라
어리석은 사람은 풀잎 끝에 새겨 아쉬워하며 탄복한단다
스님들의 한 마디 한 마디가 곧 부처님의 진리라 생각하면
너의 마음이 평온해질 거야
느낌으로 즐거움을 찾지 말고 언제나 믿음과 사랑으로
너를 지켜보는 스님들은 항상 홍인이가 스님들 옆자리에서
가장 훌륭하고 가장 듬직하고 가장 높은 계행을 선정하는
분별 있는 아이로 거듭나기 위한 과정이라 스님들은 생각한다
지금은 벗이 최고라고 생각하지만 새들처럼 훨훨 날아가
벗은 간 곳도 없이 사라진단다
가족들의 소중한 인연 또한, 한번 가면 다시 올 수 있을까?
항상 좋은 생각만 하면 좋은 일만 생긴단다
부지런히 열심히 공부해서 훌륭한 사람이 되기보다
어른을 공경하고 슬기로운 사람,
성스러운 사람이 되도록 노력하길 바라며
오늘도 부처님 전에 향하나 사루어 삼배 올리며
비록 몸은 낡았지만 마음은 젊었으니 부디
큰 사랑하는 마음으로 품을 수 있도록
온몸과 마음으로 기도드린다

하루 빨리 사춘기를 뿌리째 뽑아 없어지도록
조석으로 기도드린다
사랑하는 홍인아!
지금 스님들이 하는 잔소리는 법문으로 돌에 새기고
스님들을 향한 서운한 마음은 흘러가는 계곡물에 새기거라

법당 가는 길

여름의 풍성함은 더 바랄 것 없이
계곡물이 넘쳐흐르고
바람 한 점 없는
안개 자욱한 고요한 아침
우리 스님들의 발자국마다
티없이 맑은 물이 고인다
큰 법당을 향해 가는 길
발걸음 가볍게 대화는 여여하게
걸음걸음 진여의 길
두 손 모아 불상 앞에 서니
큰 미소 흠뻑 주시고
부처님 찬란한 법당의 향기
몸도 마음도 향기롭다

바람소리

쓱싹쓱싹 바람소리
내 귀에 스쳐 지나가니
나의 마음 서산에 걸린 해와 같구나
저물어 가는 해는 바람과 같고
이름 모를 꽃들은 바람을 좋아하지
멀리멀리 꽃향기 전하고 싶어서
바람아, 어서 불어서
나의 꽃잎 서산에 뿌려 달라하네
수행 정진하는 중생들도 꽃바람에
실어 서산의 부처님께 참배하며
남은 생을 함께 살고 싶어라

참선

공기 좋고 물 맑은 산속
햇살 따사로움에
다듬고 다듬은
부처님 성전에
참선하고 인내하며
몇 년 몇 달이 흘렀을까
다시 또 한 번 밟아보는
대웅전의 부처님
수행자의 길에 서서
법당 가득히 퍼지는 미소
이제 커다란 부처님 전 그늘에서
쉬엄쉬엄 조심조심
건강 지키며 내 운명의 시간을
되돌아보며 후회 없이 참선하며
살아보렵니다

아침햇살

아름다운 풀꽃들이 햇살 머금고 있는
자연은 어찌 그리 예쁩니까
자연 앞에선 내가 꽃님의 짝이 되고 싶구려
반짝이는 햇살에 진한 향기로 화장을 하고
백옥같은 진여의 미소에 내 뺨을 대어
미소를 짓습니다
아직 아침이슬이 마르지도 않아
나의 눈에 떨어져 눈 뜬 승려가 되니
아름다운 햇살에 님을 보는
눈빛 화현으로 눈시울을
적십니다

산사

산사의 아침은 새소리, 물소리, 바람소리
싱그러운 자연의 소리를 들을 수 있다
산사의 아침에 나는 느껴본다
무엇이 잘 사는 일인지
무엇이 잘못 사는 일인지
깨닫고 싶다
다만 새소리 귀 기울이면
새소리 들리고
바람소리에 귀 기울이면
바람소리 들리니
물소리 또한
아름답게 들리지 않겠는가
감탄사가 절로 나온다
아! 산사의 향취는
내 마음을 해탈하게 하는구나

한양 옛길

경상북도의 중심 도시였던 상주에는 부처님께 기도하면
많은 문과 급제가 나왔다는 이야기가 있다
상주에 가면 도림사가 있다
그 옆에 자리한 서당이 있다
남천과 북천이 탯줄처럼 엉기어 낙동강으로
이어간다고 하여 삼산이수의 정기가 흐른다고 한다
보통 명산이라고 하면 그 산세가 남다르다고 생각하지만
도림사 앞 서당은 동쪽의 산 중턱에
작은 기와집 하나씩 계곡을 앞에 두고 서 있다
옛날부터 도림사의 돌탑을 돌면서 과거 급제
소원을 빌며 기도하면
소원이 이루어진다는 전설 또한 전해진다
지금의 역사 속에 상주의 가볼 만한 곳 역사의 이야기가
가득한 청동유물 박물관이 있는 도림사이다
사찰 주변에 서당, 도림사 역사박물관도 그림처럼
아름다운 자태로 역사를 지키고 있다
도림사 옆길은 한양 옛길로 남아있다
유실, 무실, 절은 사라지고 그 명소만 전해지던 그때
세 분 스님이 대작불사로 대웅보전을 '옛 모습' 그대로
복원하는 불사를 하였다
옛 명소 그대로 높게 과거급제 도량으로

세상 그 어느 도량보다 아름답고 부처님 향기가 가득한

지혜의 도량으로 명성이 자자하다

지식과 감동, 자연과 세상 모든 아름다운 풍경과 옛 조상들의

정기가 그대로 남아있어

청량한 바람도 기도하며 자고 가는

명소 높은 도림사 법당, 오래오래 보존하고 싶다

적멸보궁이로구나

아지랑이가 새록새록 피어오르는
오후 푸른 빛 연초록 얼굴도
도림사 대웅전을 기웃거리는
산과 들은 참 아름답다
저 앞산은 적멸보궁이다
아름다운 자태로 편히 누워 계시는
부처님 모습 그대로다
언제나 미소 머금고 흰 구름 목에 두르고
어제 본 모습이 오늘 다르고 내일 또 다른
와불의 법신이 모셔진 산이구나
오늘은 또 어떤 모습으로 아름다움을
치장하고 계실까

변화무상 속에 매일매일 볼 수
있다는 것이 얼마나 행복한지
오늘도 당신을 만나 흐드러지게 웃고
자지러지게 웃는 새소리에도
와불 부처의 법신 도량
지나가는 바람도 향기롭다

제비꽃

너는 무슨 복을 지었기에
해맑고 상큼한 얼굴로 웃음 지으며
쪽빛 자태를 뽐내며 절집에 살고 있니
돌담 사이에 핀
너의 몸짓에 경이롭기까지 하구나
자연의 숨결과 서로의 인연에 의지하여
바람이 부는 대로 비가 오는 대로
꽃비를 맞고 있는 너의 모습에
나는 그저 허허한 가슴으로
오늘 또 한 번 나 자신을 낮추며
세상을 새롭게 보며 스스로 거듭나게 하는구나
세상이 아무리 변하고 바뀌어도
늘 돌담 밑에 핀 제비꽃처럼 겸허히 받아들여
늘 낮은 자세로 핀 제비꽃
너에게 배워야겠다

따뜻한 햇살

새 아침이 밝았습니다
물기 가득한 햇덩이가
많은 생명체를 깨웁니다
깊은 잠을 자고 있는 미물들을 모두 깨운다
온 들판의 대지도 풋풋하게 햇살을 맞이한다
아침 햇살과 향기가 온몸에서 솟아난다
따뜻한 햇살은 산과 들의
싱그러운 바람을 실어와 옷고름을 풀고
함박웃음을 지으며 농부들은 햇살이 또 숨을까 봐
바삐 걸음을 옮기며 논밭에서 일을 한다
벌써 진달래가 피더니 온 도량에 풀들 향연이다
이 햇볕이 사라질까 스님들은 분주히 계곡물에 빨래를 한다
언제나 햇살 핀 날은 산과 들이 참으로 아름답다
햇살이 피면 나는 나무가 되고 바람이 되어 구름 속에
핀 부처가 되어 본다

산사의 저녁

풀꽃 향기만 숲을 헤치며 나뭇가지 사이로
환한 웃음소리를 날리며 날아다니고 있다
극락이 따로 없다
신비로운 자연의 오묘한 섭리에
도림사 주지는 초라하기만 하다
산사에 살면 언제나 눈물이
나올 만큼 좋을 때가 많다
산사에 사는 것은 참 복 받은 사람이 아닐까
산사는 아름답다 못해 수려하다
자연과 함께 어우러진 산사는
경이롭고 아름답다
이제껏 산사에서 벗어나는 발길을
언제나 부처님이 발목을 붙잡고
놓아주질 않는다고 생각했다
착각이었다
대자연 속의 산사는 꽃향기로 가득하니
극락이 여기였네
오래오래 잘 보존되었으면 좋겠다

세월이 약이다

나는 어디서 왔는가?
또 어디로 가는가?
살다 보면 안다더니
도무지 모르겠네
인생은 다 그렇게 사는 것이라 하는데
그렇게 부대끼며 산다는데, 아! 여여하다
인생을 살면서 희노애락은
피할 수 없는 감정인데, 허공에 헛손질하면서
살아야 하는가
그저 물 같이 바람같이
살다가 가라 하는가
언제 부처님께서 나에게 가르쳐주실까
가르쳐 주는 성인 계셨으면 좋겠다
살아온 세월이 약이라더니
먼 훗날 깊은 잠에 빠질 때
그때야 알까

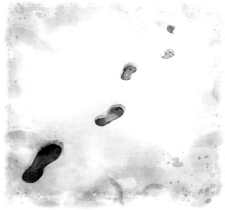

내 모습이 부끄럽다네

새벽에 스님들은 하루의 창을 연다
찬물에 세수를 하여도
눈은 떨어지지 않으려고 해
눈의 초점을 맞추며 법당으로 향한다
어둡고 혼미한 법당 속에 유난히
나를 반겨주는 환한 부처님
정신이 번쩍 든다
어리석은 생각으로 비틀거리며 법당 가는 길
햇빛 갈아서 어둠을 밝혀주건만,
한없이 비틀거린 내 모습이 부끄럽기만 하네
부디부디 집착 벗어나서
밝고 밝은 금강의 지혜를 언제 가질까
항상 텅 비어있는 내 머릿속에
반야지혜 꽉 찼으면 좋겠네!

대중 스님

요즘 백중 기도를 앞에 두고
잠 못 이루며 가슴앓이하며 불자들의
기도에 근심 걱정하면서 기도 준비하느라
여념이 없다
코로나19로 불자들은 동참 못 하고
우리 스님들이 영가님들 다 모시고 기도하려니 힘이 든다
모두 다 한줄기 비처럼 바람처럼
또 그렇게 해마다 스쳐 가지만
올해는 어려운 시기에 도움이 되었으면 하고
부처님 경전을 읽으며
오직 부처님과 같은 마음으로 준비된 스님들의
마음속에 잠재된 기도 공덕으로 미련 없이
소리 내어 염불하며 이 지독한 코로나19 바이러스
사멸되어 불자님들 만나서
대중의 힘으로 기도하면
우리 스님 밤마다 편안히 잠 이루실 텐데―

감로차

법등에 진리를 담고
진리에 깨달음을 담아
부처님 전에 간청하여
나 홀로 고요한 곳에 앉아
맑은 청정수 떠다가
방울방울 떨어지는
감로수로 내 마음속 갈증 내려
행법을 닦아본다
한 생각 깨달음 경지
도달하지 못해도
이 세상이 확 바뀌는 것은 아니니
감로차 한 잔으로
내 마음 달래며
순간순간 늘 극락에서만
깨달을 수 없다는 것을…
오늘도 어리석은 중생의 그릇됨을
느끼지 못함을 찬탄해 본다

도반같은 상좌

20년을 넘게 나의 그림자처럼 따라
다니느라 수고 많았다
네가 출가해서 지금까지 한시도 내 곁을
떠난 적이 없었던 것 같다
난 약한 몸을 타고나서 많이도 힘들어할 때
언제나 너의 손을 내밀어 나를 부축해 주었다
수행자로 살면서 도림사의 주지로 살면서

봄, 여름, 가을, 겨울이 이 땅의 사계절이
있어도 너는 내 옆에서 한시도 떨어진 적이 없었다
나의 육신이 지치면 따뜻한 너의 손을 내밀어 내 육신에
봄날의 물기를 항상 주었단다
한가한 오후 나무 그늘 밑에 홀로 앉아
잠시 네가 없는 시간에 나 혼자 무엇을
할 수 있는지 무심히 나 자신을 들여다본다
꽃이 피어도 바람이 불어도 맑은 향기도
혼자서는 느낄 수도 없고 만질 수도 없구나
넌 늘 언제나 아름다움을 만들어 주었었지
나 혼자선 자신의 자비한 미소조차 느끼지 못하니
얼마나 상좌에게 의지했는지…
고맙다, 늘…

텅 빈 법당 6월 초하루

초하루 법회를 하기 위해 부처님 전에
온갖 과일과 진수를 올려놓고 기도
준비는 다 되었는데 코로나19로 인해
불자님들은 기도에 동참하지 못한다
코로나19 감염자들이 많이 늘고 있다는
소식에 많이 걱정된다
신도님들이 얼마나 기도가 하고 싶으실까?
평소 같았으면 남보다 먼저 오셔서 법당에 들어서며
웃으며 합장하고 스님! 저 왔어요! 라고 합장하며 웃으시던
보살님 모습들이 눈에 선하다
기도 생활 30년 지나도록 초하루 기도를
대중 스님들만 하기는 처음이다
부처님! 온 세상 균으로 인하여
모든 불자가 힘들어하고 있습니다
많은 중생이 불안함과 슬픔
그리고 무서움에 빠져 있습니다
하루 빨리 종식되어 지나간 과거의
기억이 되었으면 좋겠습니다
현재의 삶이 힘들고 수많은 사람이
바이러스와 싸우고 있으니 부처님의 자비로
병들고 힘들어 지친 중생들을 보살펴 주시고

하루 빨리 건강해지도록 이끌어 주소서!
순간순간 부처님의 밝은 광명을 주시고
현재 아픈 고통을 소멸하게 하여 주옵소서!
또한, 하루 빨리 과거에도 현재도 없었던 균으로
종식되기를 기도합니다
이 승려는 지금 이 자리에서 최선을 다하여
초하루 마지 올려 기도드립니다
죽음의 두려움이 문턱에 와 있어도 살아가면서
중생들이 부처님을 찾는 것은 끝없는 생명의 빛을
발산하시기 때문입니다
인류의 위대한 사상 불교라는 종교가 있지 않습니까?
우리 대중 스님들은 모두 힘내어 부처님 전에 기도드립니다
나무 석가모니불! 나무 관세음보살! 나무 지장보살!

아이들 소리 없는 초등학교를 바라보며

60년 세월 살다 보니 올해 같은 해는 처음 맞는 것 같다
코로나로 몇 개월을 힘들게 하고 아직 종식도 안 되었는데
매일매일 비가 와 마음을 더 적시며 아프게 한다
태풍이 또 온다고 한다
세상 살다 보면 험하고 격한 일이 왜 없겠냐마는
자연이 준 아름다움을 또 휩쓸고 갈 태풍이라니
가슴 속까지 몰아치는 태풍 같아 더 가슴이 아프고
슬프게 하는 나날들이다
이 모든 어려운 난국을 함께 이겨낼 묘책은 없을까
따뜻하고 행복한 삶을 살기 위해 밝은 햇살이
두루 비추시어 아이들이 떠나간 교정에
다시 친구들과 뛰어놀며 꿈을 키우는
교정이 영원하길 기원하며 기도한다

법등을 밝힌다

숨소리조차 들리지 않는 조용한 절 법당에서
덩치가 크지도 작지도 않은 아담한 체구의 승려 하나
법등 밝혀놓고 신선이 된 양 시간을 즐기며 앉아있다
저녁 예불을 마치고 자기가 정해놓은 시간 속에
뭔가를 고민하며 고개 숙여 침묵한다
깨달음 향해 부처님 진리의 세계를
맛이라도 보는 것처럼 입가에 흘러내리고
침을 삼키며 귀한 시간을 보내고 있다
배에서 꼬르륵거리는 소리에 화들짝 놀라
정신 차리니 침묵 속에 죽비 탁! 하고
나의 가슴팍을 내려친다
입술에 묻은 허기 풀물로 달래고
다시 또 앉아 부처님 설하신 법
목구멍으로 밀어 넣는다

세상 꿈꾸던

세간과 출세간 구분 짓던 과거의 서원이
도림사 옆 계곡물 지나
한국의 멋을 그대로 담은 서원이 있다
봄이면 벚꽃이 함박눈처럼
쏟아지고 계곡물에 떨어진 꽃잎은
하염없이 흘러 맑은 물에 숨 쉬듯 정처 없이 흘러간다
산마루에 나지막이 옛 모습 그대로
갖춰 지금도 그윽한 묵향이
코끝을 스치는 것 같다
곳곳마다 아름드리나무들이
사람들의 발길 부여잡고
편히 쉬어가라 한다
역사 속에 끝없이 유실되었지만
아직 절 옆에 소박하고 친근감이
물씬 풍기는 서원을 바라만 봐도
감동이 절로 흘러나온다

활짝 핀 꽃잎

진분홍빛 연산 홍 계곡물에 비치고
법당의 부처님 향기 그윽하게 뿜는다
연산 홍 붉게 물들어 장관을 이룬
절도량은 한 폭의 동양화다
자연과 산, 절이 만들어 낸 신비로운 조화다
사시사철 마르지 않은 수각에
연분홍 꽃잎 띄워놓고
산새소리에 시름도 내려놓고
지나온 세월 맑고 고운 꽃물에 씻어 놓고
지혜가 열리길 갈애하는 중생들의 목을
축이며 활짝 핀 꽃잎들이 화사하게
웃으며 부처님 전에 영접한다

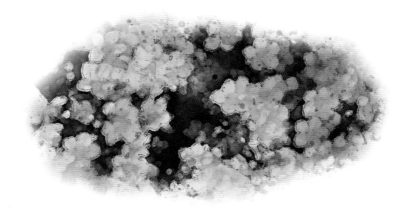

법등

촛불은 사르르 녹아
불자님 손에 들린 연등
한 송이 연꽃으로 핀다
웅장하면서도 반듯한 산세를 자랑하며
누워 계시는 와불 부처님
첫눈에 바라보고 소원을 빌면
이루어진다 하여 이곳이 소원 발원지라고도 한다
자연스럽게 바라보면 깜짝 놀라
머리를 숙여 소원을 빈다고 한다
웅장하면서도 화려하지 않고
오염됨도 없이 주위 경치가 아름다움과
어우러진 그윽한 산사의 정취 같아
법등을 밝혀 속세에 찌든 중생들의
삶과 애환을 신선한 바람에 실어
와불산 부처님 전에 법등을 밝힌다

유혹

법당 안 불빛을 통해 부처님의 모습이 보인다
조용히 숨을 죽이며 문틈 사이로 보이는
그 미소가 너무 아름다워
나를 사로잡는다
끝없이 나를 유혹한다
이리 와서 기도하라
가만히 조용히 참선하며
나랑 꿈나라 가자고 속삭이며
들려오는 희미한 목탁 새소리
큰 소리로 외친다
그 누구 없소
누구도 대답해 주지 않는다
작은 소리로 속삭인다
내 마음 자락에 전해지는 작은 소리일 뿐이다
나의 가슴 바람소리 명치 끝에 걸린
망상 덩어리 추녀 끝에 달린 풍경소리 따라
조각나 바람에 날려버린다

뒷돌 위 고무신

시원한 계곡 사이로 노랗게 핀
개나리가 숨을 쉬며 비스듬히
누워 웃고 있다
깨달음을 향해 기도하는 스님들 사이로
깨끗한 햇살이 비쳐진다
뒷돌 위에 놓인 흰 고무신이
번뇌도 내려놓고
미움도 내려놓고
성냄도 내려놓고
중생의 미혹함을 일깨우는 것 같다
뒷돌 위의 흰 고무신 몇 켤레가 한국 불교의
얼이 담겨 있는 것이 아닐까
지친 일상의 번뇌도 그윽한 향기 머금은
도림사 뒷돌 위 흰 고무신 코에
점 찍은 스님들만의 글 표시에 한 점 찍어
가혹하지만 마음을 담아 다스려 본다

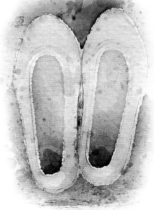

인간이 빚어낸 절묘한 조화들

자연과 함께 깊숙한 계곡 따라 올라오면
산세가 부드럽게 품어주는 듯
자연경관이 아름다운 사찰의
장독대들이다
신비하고 전설적인 옛 항아리 속
된장 떠서 먹음직한 된장찌개 끓여
시장기를 달래주고 그 짙은 향기가
온 산천에 풍겨 뭇 생명들의 구미를
늘 당기게 한다
조용한 산사에 된장찌개 향기가
곳곳에 실려 부처님도 맛을 보셨나
붉은 입술로 빙그레
미소를 짓는다

불사 도량

호젓하고 좁다란 산 비탈길 따라
올라오면 운치 있는 항아리가 곳곳에
줄을 지어 큰 항아리 뒤 작은 항아리들이
곳곳에 숨어 있다
중생들의 건강을 기원하며 장독대들의 풍기는
맛과 멋을 구수하게 익어가는 맛난 향기를
풍기는 것이 신비감과 감탄함을 자아내게 한다
바람결에 풍기는 된장 익는 향기는
도림사를 찾는 또 다른 향과 멋을 느끼게 한다
기와 골 낙수소리에 익어가는 장독대
수려한 경치 아름답게 반짝이며
빽빽한 장독대 사이사이로 이름 모를 꽃들이
함께 어우러져 미적인 매력을 간직한다
도림사에서만 유일하게 느끼는 맛이
온몸으로 와 닿는다
자연과 함께 익어가는 불사 도량이다

춘삼월

이른 아침 풀들은 겨울잠에서
겨우 깨어 고개를 내밀고
계곡 물안개가 햇빛을 삼키며
조용히 흐르고
숲의 나뭇잎은 유난히도 푸르다
스님의 목탁소리는 잔잔한
봄바람 따라 꽃향기 실어
대웅전의 눈부신 부처님 전에
봄을 알린다
겨우내 입던 누더기 적삼 계곡물에
빨아 봄 햇살에 말렸더니
아직 남은 겨울이 살포시 찾아와
나의 몸을 감싼다
남몰래 다시 걸쳐 입고 따뜻한 봄을
다시 느낀다

사시 공양

맏이 공양을 지으며
지금 이 순간 정성을 다해
나는 지금 맏이 공양을 짓고 있다
순간순간 마음자리 놓을까 봐
자각하며 기도한다
한순간도 놓지 말자 한눈도 팔지 말자
딴생각하지 말자
아무 생각 없는 마음자리에 머무르지 말고
스스로 자꾸 살펴본다
이와 같은 나의 머릿속 나의 마음속
얽어 매이지 말고 자꾸 살펴 가며
정성을 다한다
이 순간 헛되이 보내면 후회할 것 같다는
승려로서 본분을 다한다
그렇다고 너무 긴장하는 것은 아니다
이런 순간들이 쌓여 나의 승려 생애 삶을 지키며
한결같이 이어온 부처님 공양 짓는
맡은바 소임을 즐겁게 하려 한다
날마다 새롭게 늘 사시기도 시간에 맞추어
공양을 올리는 것이 승려로서
행복한 삶의 지름길인 것 같다

행복합니다

단 한 번뿐인 삶에
혼자가 아니 대중 스님들이
있으니 행복합니다
쏟아지는 햇살처럼
아름다운 생활의 굴레에서
매일 웃으며 삶을 엮어가는 것이
행복합니다
온화하고 아름다운 풍경
대자연 속에 곱디고운
이름 모를 꽃을 바라보며
행복하게 기도할 수 있다는 것이
행복합니다 항상 우리 대중 스님들 밝은 모습에
나는 늘 아침 햇살 같은 희망과
소망을 안고 반야의 지혜를
증득할 수 있으니 행복합니다

깨달음

마음 달을 품어도 볼 수 없고
눈을 마주치진 못해도
그 빛이 만상을 삼켜도
눈 깜박하는 사이에 허공으로
사라져 버린다
아직 남은 따뜻한 여운은
나의 가슴에 꿈틀댄다
아무것도 없는 텅 빈 가슴에
마음의 문 열고 저 하늘의
별들과 달을 또 품어본다
깨달음의 향기 날 때까지
곧 부처님의 깨달음을 품고 싶다

고요한 마음

내 몸 안에 부처를 모셔두고
만나지 못한다고 항상 법당 안 부처만
바라본다
내 마음 안에 잡념만 꽉 채워두고
생활하며 기도한다고 몸부림친다
나 자신의 내면을 바라볼 수 있고
고요한 시간을 갖는 것이 얼마나 소중하고
대단히 중요하다는 것을 알면서도
실천하지 못한다
마음을 고요하게 하면 보이지 않던 것도
보이지 않던가
고요한 정적 속에서 정진하는 것이
진정한 기도가 아닌가
끊임없이 해탈 열반을 향해
검은 구름이 짙게 드리워져도
언제나 부처님 자비
광명으로 나를 비추니
내면의 부처님과 소통하며
매일매일 새롭게 하루를
출발하며 반야의 지혜를 찾는다

코로나19

코로나19로 인해 많은 국민들이 힘들어한다
산사의 조용한 산중은 그들의 안식처인 양
줄을 지어 올라온다
절에 스님들로 겁이 난다
무서운 코로나19와 싸우는 국민들
하나같이 마스크를 착용하고 올라와
구구절절 말해 본들 대책이
없다고들 하며 깊은 탄식만
입을 가린 마스크맨들 뿐이다
새들은 자유롭게 옹기종기
나뭇가지에 앉아 햇살을 머금으며
재잘재잘 되는데
우리 국민들은 언어를 잃은 슬픔
서로 마음마저 얼어붙은 것 같다
대책 없는 코로나19 해결할 수 없을까
인간이란 늘 지나온 세월에 뉘우침을 반성하고
오직 코로나19를 이겨낼 수 있는 백신 개발을 위해
오늘도 부처님 전에 큰 절 삼배 올리며 기도드린다

청개구리

수각돌 위를 쳐다보니
청개구리 한 마리
하늘에 비친 물 위에
헤엄을 친다
청정수 떠다가 부처님 전에
올리려 하는 것도 잊은 채
곱게 물들여진 너의 모습이
천상 화원을 춤을 추는 것 같구나
청정수 담은 향탕수
샛바람에 일렁이는 물결이
너의 푸른빛을 더욱더 자아내는 꽃잎 같구나
한 폭의 수채화 풍광에 취해
오늘 사시기도 까맣게 잊은 채
멍하니 앉아 참선 한 번
잘했네

오늘도 시인이 되어 본다

새 생명을 탄생시키는 자연 눈에 다 담기 힘든 자연
계절마다 주는 아름다움 눈으로만 보아도
가슴 깊이 담긴다
바라만 보아도 그저 황홀하고 흐뭇하다
너무 빼어난 자연 앞에 털썩 주저앉아 즐겨본다
아침이면 뽀얀 산사 안개 동트는 햇살 내릴 때
주는 아름다움은 경이롭기까지 하다
햇살 먹은 나뭇잎도 물빛도 짙은 녹색을 띤 바위 이끼도
자연이 준 아름다운 풍경을 보면
이 승려는 염불보다 오늘은 시인이 되어 본다

배려하는 마음

새로운 세상이 오는 것일까
모두 다 마스크를 쓰고 방독을 한 모습이
한결같이 못생기고 잘생기고도 구분이 없다
선한 얼굴 투박하고 험한 인상도 없다
성형의 시대는 지나간 것 같다
서로서로 배려하면 잘생긴 얼굴이고 배려하는
행동 없이 가슴이 징징거리는
사람도 못생긴 사람 얼굴 같다
천차만별의 다양한 개성만의 몸짓은 음성으로 나온다

그렇지만 낯설지 않은 모습은 정겹게
배려하는 몸 행동이다
한낱 미천한 얼굴도 배려하는 마음의 얼굴은
관세음보살님같이 자유로움과
친근한 얼굴일 것이라고 상대방은 생각한다
마스크 속 못난 얼굴도 겸손하고 배려하는
모습의 얼굴로 이참에 바꾸어 보자

출가 한번 잘했네

도림사 대웅보전 앞 돌계단에 지친
내 몸을 내려놓고 저 멀리 산 아래
사바세계 내려다본다
저 사바세계에 살 때는 높게만 보이던
아파트도 내 발 아래로 보이는구나
물질로 쌓은 저 건물
아무리 높다 해도 진여법계
반야의 도량 도림사 돌계단보다 높으리오
사바세계 속의 물질이 삼천대천세계
가득해도 내 마음 영원한 안락이 없으니
저 세계가 아무리 화려하고 반짝이는
불빛이 아름답다 해도 실상을
일깨워 일으킴도 멸할 것도
없는 부처님 계신 이 계단이 제일로
행복한 금강 계단이구나

관세음보살

등불 및 관세음보살
폭우가 쏟아지고
바람이 휘날리며
온 도량에 비바람이 휘몰아친다
등불 밑을 헤엄치는
조그마한 잠자리
등불에 비쳐
퍼득이는 몸짓이
작아졌다 커졌다
작은 등불도 가물거린다
어둠 속에 비친 관세음보살
내 생에 이다지
외롭게 보인 적이 없다
비바람에 씻겨
수척한 미소가…

수련꽃

아! 수련꽃이여!
이처럼 고결하게 아름다운
무지갯빛 두 손으로 받쳐 들고
부처님을 친견하는구나
언제 보아도 하얗게 핀
너의 향기가 산들바람에
실려 나의 코끝을 스쳐 지나간다
너의 그 진한 향기를
유연하고 부드럽게 하여
앞을 다투어 소리 없이
부처님 전에 향을 올리는구나
온 세상을 다 돌아보고
나 자신마저 돌아보아도
이렇게 아름다운 향이 있을까?
향기로운 너를 마주하니
이 생에서 먼 미래 생까지
아름다운 향기 나에게 전해 주렴

풍경소리

태양을 사모하는 오후 시간
몹시도 반짝이는 대웅보전 추녀 끝에
풍경이 걸려있다
기와지붕 끝이 저렇게 높은데
어떻게 올라가 종을 칠까?
종소리는 들리는데
종을 치는 사람은 안 보인다
참새 한 마리 퍼득거리며 춤을 춘다
자아를 찾아 삼매에 빠진 스님들
삼라만상 하나 됨을 일깨워 주시며
스님들 놀라실까?
애기바람 솔솔 불며 종을 친다
종 풍경소리 참 정겹고 그 소리가 정법이다
귀 밝은 스승 만나
오늘도 풍경소리 듣는구나

봄처녀

봄처녀 같았던 여고 시절
여름을 지루하게 지내던 날
나비 타고 온 것일까?
바람 타고 온 것일까?
오래된 학창 시절 친구 그때는 푸른 꿈을 안고
오아시스를 찾아다니던 그 시절의 친구!
이미 모두 떠나와 팔만사천법문
찾아 살아온 세월이 얼마인가?
낡은 필름처럼 어른거리지만
아직 머릿속에 남아있구나
그때 그 시절
봄 처녀 아름답던 모습이
반갑다 친구야!

앞산

산천은 자꾸만 푸르러 자꾸만 가까이 다가온다
이 세상에 완전한 것은 하나도 없지만
한 폭의 산수화로는 완전한 것 같다
사람은 사람답게
산은 산답게
승려는 승려답게
모두 살기 위함인가?
정말 푸르다
푸르름이 다가오면
          새소리 바람소리 물소리
          푸르름에 빠져들고
          고요한 절간은 더욱 고요하게 한다
          저 숲에는 누가 살까?
          한 줄기 바람만 스쳐간다
          떠도는 바람(구름) 되어
          오늘도 나는 무상함을 느낀다

그대의 미소

가는 이 오는 이
미소 짓는 인사 속에
인연의 때가
녹아내리면 좋겠다
돌에 새긴 부처님상도
입가에 여미는
미소를 띠는데
님들이 오가는
종무소 차 한잔하면서
당신의 얼굴에
미소 볼 수 있다면
오늘의 법문이
다 녹아버린다

절집 아이

어디에서 왔을까
세상에 태어나 응애 하며
나의 가슴에 안겨 키우면서
이 넓은 절집 구석구석을 다니며
배울 것도 많은 아이였다
한 가지라도 더 보고 싶어
분주한 하루를 보낸다
넓은 절도량에서
다정한 스님들의
사랑과 따뜻한 햇살을 받으며
한 송이 귀한 꽃보다
더 소중하게 태어난 아이
좋은 사람 만나서
좋은 생각만 하는
꿈 많은 아이로
컸으면 좋겠다
꿈을 찾아가는 길이
부처님 자비 광명으로
밝았으면 좋겠다

걸망 속의 욕심

잘 살고 못 사는 것이
무엇인지
바쁜 하루를 돌아보며
무념의 하루를
걸망 속에 담아본다
눈을 감고 귀를 막아도
자꾸만 보이고 들린다
생활의 집착이
자꾸만 둥글둥글 산다는 것이
낙엽 속에 새싹처럼
뾰족이 고개 내밀어
집착의 싹이 또 튼다
하루하루 일당도 없는 것을
이만하면 욕심 버리고
잘 살고 있지 않은가!
오늘도 바쁜 하루를 보내며
텅 빈 걸망 속을 본다

깨우침

비 온 뒤 농익은 토마토를 보면
곱게 익어가는 고운 자태!
완숙으로 익진 않았어도
그 자태는 익어 가는구나
나도 늙지 말고
익어 가는 것일까?
몸은 늙어도
마음과 인격은 더 새로워졌으면…
원숙한 삶이 펼쳐져
더 농익은 부처님의 깨우침이
다가올 텐데
젊은 나이 다 가고
낡은 적삼만 남는구나

어느 날 갑자기

소리 없이 훌쩍 떠나올 적에는
돈도 명예도 가져갈 것이 하나 없어
텅 빈 걸망 속에
혼자 중얼거리는 염불
요령만 남아있구나
행여라도
깨닫지 못한 인생이 있다면
꼭꼭 묻어둔 채
남은 인생 후회 없이 살다가
황혼이 되면
아름답게 노년의 노승으로
걸망 속에 꼭꼭 묻어두고
혼자만 살포시
걸망 열어 염불 소리 들으며
떠났으면 좋겠네

사바세계

공양간 앞
돼지감자 싹이
파랗게 하염없이
싹이 트는구나
아직도 중생인 승려가
때마침 맛난 반찬 없어
헤매다가
어린아이처럼 지나가던
발걸음을 멈추고
부드러운 새싹만 따는구나
아뿔싸! 올해 돼지감자
노란 꽃은 다 봤네
오늘도 청정 도량에서
중생의 가슴을 열게 하는구나

울 엄마

저녁 하늘을 보며
더욱더 보고 싶은
엄마의 생존 시의 모습을
가슴 아프게 떠 올려 봅니다
엄마를 그리워하며
닳고 닳아 버린
사진 속 엄마의 모습!
오늘도 가슴에 담고
애달아합니다
저 높은 하늘에
수많은 은하수
저 별 속 극락세계!
나도 그곳에 가서
다시 울 엄마 만나도 출가한다
엄마 가슴 아프게 또 하려나
불효자식은 오늘도 부처님 전에
참회하고 또 참회하며
어머니께 큰절드립니다
부디 극락왕생하소서!

무릉도원

같은 마음을 가진
도반을 만나
한평생 같이 수행도반으로 살다 보니
여기가 신선의 세계인
무릉도원인 듯
신령이 된 것 같다
모르는 것을 마주하게 돼도
느끼지 못하고
서로 시간과 마음의 지혜를
내어 주며 함께한 세월이
30년이 넘었다
석불에 새겨진 미소 덕분에
산기슭 숲길 따라
높이 오르는 정상에 앉아
나만의 생각이었어도 좋다
벼랑 끝이라 해도 좋다
잘못 가고 있는 길이라도 좋다
아무도 말해주지 않아도 좋다
여기가 무릉도원이니
그냥 여기서 한시름 놓고 살아 보려네

법계

부처님은 게송 하나로
중생을 구제했지만
오늘도 이 승려는
굽이굽이 흐르는 계곡물 속에
내 영혼을 담고
아직도 마음을 붙들고 있구나
아침이 되면 한 일상뿐이지만
늘— 생각만 할 뿐
흔적조차 찾지 못하고
붉은 해를 맞이한다

이 순간 또 나를 향해
하늘길 내 달려
찾아온 태양이라면
찰나의 순간이라 할지라도
고개를 들고
나의 마음속으로 깊은숨 들이쉬며
오래오래 잊히지 않는
부처님 뜻 깊이 새겨
내 곁에 남아 법계를 깨우쳐 주신
부처님이 계셔 오늘도 감사하다

웃고 살자

어제 일도 깜박하고
점멸등이지만
하 하 하 웃으며 살자
일어서도 하 하 하
앉아서도 하 하 하
시도 때도 없이 웃는다
산다는 것이
다 웃기 위해 사는 것이 아닌가
어제도 하 하 하
오늘도 하 하 하
웃으며 사는 인생
오늘도 한번 크게 또 웃어보자
부처님도 나도 다
웃으며 하 하 하
이제야 잠이 좀 깨는구나

불상

부처님 미소는
마음으로 보아야 아름답다
미소를 지으며 보아야 자비롭다
노란 금빛만 보지 말고
네가 생각하는 대로
네가 죽을 때까지
아름다운 미소를 보며
웃을 수 있는 삶을 살아야 할 텐데
오늘도 성냄으로 하루를 보내며
또 반성한다
저 자비로운 미소
언제 깨달을는지

촛불

소원 탑에 촛불을 켜며
소원을 빈다
못 견디게 무더운 날씨에
촛농이 녹아버리는 모습이 안쓰럽고
여인의 눈물처럼
촛물이 뚝뚝 떨어진다
이 더운 날씨가 모질기도 한지
단단한 초 뭉치가
희뿌연 샘물처럼 흘러 흘러
안쓰러운 승려 마음
한숨만 흘리네
파라핀 냄새도 잊어버리고
그저 세상 온갖 재앙 다 버려달라고
합장하여 고개 숙여 쳐다보니
촛물도 흘러가며 가는 길을 알고 있구나
운하처럼 길 여는 촛농 물결에 씻겨
오늘 기도 한번 잘했구나

미소

향 하나 피워놓고 절을 하면서
마주 보는 부처님 전에
재만 남기고 향은 사라지고 없구나
내 마음은 무엇이 남았을까?
미소 짓는 부처님 입술은
예쁘기만 하다
내 입술은 침묵만 지키는
꾹 다문 입술이다
그렇다고 불친절한 것도 아닌데
참을성이 많은 것도 아닌데
염불할 땐 수다쟁이 입술로 변한다
항상 부처님의 미소를 보며
배움의 삶 그 끝에 서서
또 하루를 시작합니다

출가

가만히 눈을 감고 있으면
산사에서 살아가는 나는 정말 행복하다
최상의 즐거움이 더위를 식혀준 관음전 앞 계곡물
끊임없이 흘러흘러 낙동강으로 흘러간다
계곡물에 앉아 잠시라도 더운 몸을 식힐 때
내가 이렇게 극락세계에 살고 있구나 하고
최상의 즐거움을 느낀다

만약 출가하지 않았으면
흘러가는 계곡물 소리
꽃이 피고 지는 것도 눈으로 느끼지 못하고
그저 살아가는 것에 집착하며 힘겹게 살았을 것이다

지금은 눈 뜨고 귀 열고
아름다움과 자연의 소리를 느끼고
무엇보다 수행을 통해 몸과 마음을 닦아
잘못된 몸의 행위를 고치며
승려로서의 주어진 운명을 깨닫게 될 때까지
나의 운명은 바로 나라는 것을 알 때까지
승려로서 출가함을 감사한다
절집에서 이 나이 먹도록 살게 해 주셔서 감사한다

이 세상을 떠날 때까지 공부할 수 있음을 감사한다
마음 맞는 도반이 옆에 있어 감사한다
출가하여 받은 선물이 너무나 커서 우주 대천세계에서
살아간다는 것에 대해서 감사한다
부처님의 참 깨달음을 얻을 때까지 이 도량에서
극락세계 삶을 체험하며 살 수 있어 감사한다
출가는 내가 선택한 것이니 선택한 대로 살아가는 것이
최상이라 생각하는 것에 감사한다

항상 불보살님의 가피를 입고
또 조금 더 성장하여 많은 불자에게
조금이나마 도움을 줄 수 있는 승려로 사는 것
이것이 불보살님의 가피가 아닐까?
오늘도 감사기도 드립니다
거듭날 수 있도록…

주지 와봐

홍인이가 말문을 트던 날부터
한 열흘째 되던 날
갑자기 일어난 일이다
회주 스님께서 항상 "주지 와봐" 하니 홍인이가
"주지 와봐" 하는 것이었다
깜짝 놀라 그래! 주지 왔다 하며 번쩍 들어서
꼭 안아주었다
날씨는 아침부터 내리던 비가
점심시간이 되어서도 그치지 않았다
점심 공양을 빨리 하고 홍인이에게
아무 말이라도 가르쳐 주고 싶었다
정말 재미있는 이야기 들려주며
"주지 와봐"를 반복하며
주지라는 말이 이렇게나 듣기 좋은지 몰랐다
혼잣말로 중얼중얼하며 참 신기했다
첫말이 "주지 와봐"
지금도 한 번씩 나를 깜짝 놀라게 하는 말이다
참 특이한 아이다
나도 참 특이한 주지다
이렇게 주지라는 말이 설렐 줄이야

오늘 하루

새벽 시간 부처님 전에 무릎 꿇고
경건한 마음으로 주어진 모든 과제를
머릿속으로 챙기며
오늘 또 하루! 최선으로 임하리라
기도하며 하루의 삶을 신선함으로
대중 스님들과 함께 나눈다
자기 혼자 빛나는 별이 없듯이
누가 혼자서 이른 아침에 화음 맞추어
염불할 수 있겠는가
세월은 자꾸 흘러 한가로울 수 없고
조급한 마음 버리고 오늘 하루 또 감사하며
하나씩 하나씩 깨닫는 승려가 되리라

절집 비빔밥

음식이란 어느 날 나왔다가
사라지는 음식이지만
비빔밥은 다르다
무명 속에 사라진 사람들도
우리 눈에 보이지 않지만
맛있게 먹은 음식 기억하라면
당연히 엄마가 비벼 주시는 비빔밥일 거다
귀한 음식 사라질라 사라질라
오색 꽃을 피워
오미 맛을 내는구나
너의 이름을 절집 비빔밥
최고의 음식이라 불러줄게

빈 바루에 담은 몸

오늘도 살아야 한다는 생각에
바루에 이것저것 담아
입에다 바치며
몸에 대한 애착
음식에 대한 소유의식 때문에
몸뚱이에 시봉하기 바쁘구나
고춧가루 하나 없이 먹고
가신 물도 다 마시고
이토록 애써 먹여주고
입혀 주고
재워주고 해도
몸은 늙어 여기저기 쑤시고
삐꿋거리는데

아직도 몸뚱어리 애착이 남아
좋다는 산나물 다 뜯어다가
또 빈 바루에 담는 걸 보니
아직도 몸뚱이에 대한 애착이 남아
바쁘게 하루를 보내는구나
내가 부처라 생각하시고
내 입에다 공양 올리며
어리석다 생각 말고
오늘에서야 참 나를 찾았다고
생각하며 살련다

자연이 준 절집 음식

아름다운 산
푸른 숲 맑은 물
절집 스님들이 천혜의 자연경관이 잘 어우러져
더 맛있지 않을까
옛 선사들의 얼과 슬기가 깊게 전해져 오는 음식이다
절집의 음식은 정신적 육체적인 뿌리가 빚어낸 음식이다
기후에 따라 맛과 향이 달라지며
매운맛과 짠맛도 달라진다
주로 절집 주변에서 생산하는 쌀가루, 들깻가루, 된장,
간장, 참기름, 들기름, 고추장, 감자전분 등으로
깊은 맛을 낸다
사찰 스님들의 손은 약손이다
산에 올라 몇 잎 따온 산나물을 이리저리 뜯어 간장에
참기름 조금 넣고 깨소금 조금 넣어 조물조물하면
밥 한 공기 뚝딱 그렇게 먹고 수행 정진한다
산나물이나 들나물 자세히 보면 우리 피부처럼 생겼다
생으로 먹으면 우리 피부에 얼마나 좋겠나
산중 스님들은 새까맣게 타긴 했어도 피부는 좋다
피부 조직 닮은 나뭇잎, 배춧잎, 콩잎, 산나물 등
많이 먹고 사니 말이다

그것이 사찰 절집 음식이다
자연이 준 음식이다

복숭아 한 봉지

수많은 가지마다 붉게 물든 계절에
복숭아 과일 한 봉지 머리에 이고
자식 걱정 앞세워 부처님 전에 공양 올리고
돌아선 불자님의 뒷모습은
씨 뿌린 밭에 자갈도 고르고 풀도 뽑고
네 자식 가꾸듯 가꾸어서
남편 사랑 등 뒤에 두고 자식 사랑 앞에 두고
힘들게 걸어온 세월의 길
푸르름 먹은 열매 두 손 가득
가슴에 안고 걸어왔을까
얼마나 더 가야 가을이 보일까
얼마만큼 씨 뿌려야 풍년이 될까
맑고 향기로운 부처님 마음일세

산사의 돌담 호박꽃

이 꽃 저 꽃 다 쳐다봐도
호박꽃처럼 예쁜 꽃이 없네
돌담 담장에서 태어나 노랗게
피더니 어느새 조그마한 호박 하나
배꼽에 달고
한낮에 위세를 떨치며 노란빛
금물을 무쳐 사바세계에 오셨네
주지 스님 번뇌 망상
다 버리라고 하시네
주지는 한 순간에 망부석이 되어본다
아! 이 꽃 저 꽃 세상 꽃 다 보아도
배꼽에 호박 달린 호박꽃이 가장 아름답고 예쁘다

산사의 밤

여름 장맛비 내리는 도림사 저녁
고요 속에 운무 젖어있고
박물관 앞 백일홍 꽃가지를
무심히 흔들던 새들도 둥지로 돌아갔다
도림사 법당의 촛불마저 하늘하늘
졸고 있는 산사의 밤
법당 한 가운데 찻잔을 앞에 놓고 회주 스님은
말이 없네
백일홍은 피고 지고 하는데
부처님의 소리는 밤하늘 별처럼
멀리서 들리네

나의 마음

부처님과 나의 거리는 얼마나 될까
겨울에서 봄의 거리일까
여름에서 가을의 거리일까
해와 달의 거리일까
밤하늘의 보석 같은 별도 재어 본다
부처님과 나의 거리는
도대체 얼마나 되는지
다가가면 멀어지고 잡았다 싶으면
어른거린다
부처님의 깨달음의 갈증은 끝이 없다
깨달음, 자로 재지 못할 바에야
생각을 바꾸어 볼까
계곡의 찬물 한 잔 마시고 정신이 번쩍 나니
시원한 물 한 잔이 부처였구나

사바세계

안개 속에 잠긴 세상
연초록으로 잠긴 마을도
안개에 잠겨 있었다
절도량에는 온통 풀꽃 향기로 뒤덮인다
여름 장맛비가 내렸는데
그조차 안개비였다
저 산 아래 보이는 인간사 세상에
멀리서 날아가는 새들의 날갯짓이
끊이지 않는 절경, 한 폭의 그림이다
잠시나마 환상에 빠질 만큼 아름답다
조금 있으면 여명을 깨우고
밝은 햇살이 떠오른다
물을 보면 마음을 씻고
꽃을 보면 마음을 아름답게 하고
물안개를 보면서 환상의
세계에 빠져들어 보자

강아지풀

여름을 느끼며
강아지풀이 하늘거리는 계곡으로 가는 길
외롭게 혼자 서 있는 것이
부끄러워 고개를 푹 숙이고
하늘하늘 웃음을 짓는다
혼자 외로움 끝에 서 있는
강아지풀은 여름 소식을
전하고 있다
여름을 느끼며 계곡물도
졸 졸 졸 부드러운 물결로
흐르는 계곡물을 보며
여름의 끝자락에서 속삭이듯
잠시 선정에 빠져본다
생각 속에 젖어있는 아상을
계곡물에 흘려보내고
무아를 증득하고 싶다
—여름의 끝자락—

매미 울음소리

여름내 울어대며
온 세상 다 달라고 울어대더니
마음껏 다 세상을 얻었는가
지금은 조용하네
푸른 잎 떨어지고 가을 단풍이 들더니
붉은빛은 싫은가 보다
나뭇잎 속에 숨어 버렸다
온몸으로 울어대던
매미가 찬바람을 싣고 오는
가을이 싫은가 보다
나는 아름다운 단풍이 마냥 좋기만 한데
이제 나의 노래를 들어 보렴
이제 너의 지친 몸 훌훌 벗어 던지고
한 그루의 나무를 나에게 맡기고
스님 노래 한번 들어 보면
한 생각이 사라질 텐데

하루살이

솔 향기 가득한 능선을 흠뻑 적시는
향기에 취해본다 그것도 잠시
윙 윙 날벌레들이 날아들어
흥얼거리며 노는 입에 염불 한번 하려니
목구멍에 파고들고
귓구멍까지 파고들어 소곤거린다
벌써 마음의 눈빛 흐려져
반사적인 행동이 나온다
손을 이리저리 흔들며 후려보고
귓속에 든 놈을 죽어라 후벼파 죽여놓고 후회한다
오늘 또 살생했구나
하루 밖에 못사는 하루살이 놈인데 참을걸
여기 오지 말 것을
참기 힘든 시간이었다

수행로

요즘 매일 아침 일과 중 한 가지
절집 주변에 동이 틀 때까지 포행 정진한다
언덕바지의 인동덩굴이 울타리를 타고
올라와 축축 널브러진 모습이 밀림에 온 것 같다
하얀 꽃 노란 꽃을 피우며 그 왕성한
생명력이 대단하다
자기 갈 길을 잘도 알고 안전하게 찾아간다
인동덩굴은 눈과 귀가 있나 보다 서로 엉키지 않고
쭉쭉 열심히 뻗어가고 있다
삼복더위에 지친 기색 없이 파릇하게 줄기를 감아 올라간다
나도 저렇게 한결같이 꾸준히 나아갈 수 있으면
비가 오는 날도 흐린 날씨에도 정진, 또 정진
마음에 분별이 사라질 때까지 지금 이 순간을
놓치지 말고, 지금 이 순간을 헛되이 말자
자연의 순리대로 집착 말고 정진하자
인동덩굴처럼 새싹을 뻗어 위로 위로
청렴결백한 수행자의 아름다운
금은화로 화현하고 싶다

작은 폭포

울창한 숲길 바람소리와 어우러진
천년고찰 면모 한껏 자랑하며
기암 사이로 쏟아지는 작은 폭포는
한 폭의 동양화다
아름다운 작은 계곡 물안개 자욱이
뿜어내는 계곡물의 목탁 소리
염불 소리 산새의 노랫소리 들으며
졸졸 흐르는 계곡물로 목을 축이니
속세의 번뇌 한 순간에 사라져
청아한 목소리로 염불 삼매에 둔다

새벽

별을 보며 짙은 어둠 속 법당의
작은 촛불이 나를 이끈다
무엇을 하려고 하는 것이 아니라
그 불빛이 없으면 안 될 것처럼
나는 경건히 머리 숙여
나 자신을 성찰하는 시간이 늘 필요하다
오늘 하루의 삶 경건하도록
부처님 전에 기도하며
주어진 모든 일에 감사하며
내 영혼이 멈추기 전
잃어버린 세월과 사연은
아쉬운 마음 남기지 말고
부처님 바라보며 기도드린다
항상 희망의 새벽 속에
염불 목탁 소리에 늘 깨우친다

여름 보양 콩국수

메주콩을 물에 하루 반을 담가 불린 다음
콩을 삶아야 한다
콩은 덜 삶으면 비리고 너무 삶으면
메주콩 냄새 탄내가 난다
속까지 골고루 익히면서 껍질이 거품에 뜨면
수시로 건지면서 가족 건강 발원을 한다
하얀 속살이 보일 때 콩이 선명하고
깨끗하게 보일 때 소금 간을 한 다음
뽀얀 콩물을 만들면 콩의 힘을 발휘한다
시원하게 국수를 삶아 콩물을 부어 먹는다
매년 7, 8월이면 이만한 보양식이 없다
가족을 애정하는 그 마음이 통할 것이다
절집은 조용히 흐르는 시간 속에 일체의 세계가 있다
공양소임 스님 손에 자연을 담아 풀코스로
여름 보양식을 즐겨 먹는다
국수 한 그릇에 정성을 담고 절집의 특색을 담아
무더운 여름을 웃으며 행복하게 이겨낸다

텃밭의 인연

가을 무를 심기 위해 텃밭을
삽으로 일일이 뒤집어 씨앗을 뿌렸는데
나라는 나물은 안 나고 이름 모를
이꽃 저꽃 풀꽃만 나는구나
다른 곳으로 씨앗이 날아가 버렸나 보다
무 수확 못 한다 한탄만 하지 말고
그저 몇 뿌리 수확해도 좋다
무 나기 좋은 자리 따로 있나 보다
무와 인연 올해는 여기까지가 인연인가 보다
그저 자연이 주는 대로
한 철 살다가는 인생 무 한 포기
바루에 담아 아껴 아껴 먹어야겠다

장맛비

밤새 머물고 있던 빗방울이
떠나려니 아쉬운가 번쩍번쩍
우르릉 쾅쾅 소리를 내며
해의 빛을 가둔지가 오십 일 넘었다
저 먼 하늘로 사라질 기척이 없다
별들의 밤하늘도 보고 싶고
아침 햇살 속 미소 짓는 관세음보살님도 보고 싶다
햇살을 품은 내 가슴에 밝은 빛이 그립다
비에 온통 다 젖은 가사 장삼자락 온몸에 붙어
몸뚱어리조차 내 것이 아닌 것 같다
이제는 몸도 지쳐 빗소리가 시비 소리로 들린다
아! 또 비가 오냐 내일 비 맞으며
아침 도량석 기도하려니 부처님
제발 이제 그만 하늘이 우는 것 좀 말려 주세요
잠시 잠을 청한다
잠시 귀뚜라미 소리에 잠에서 깨니
비 온 밤은 사라지고 풀벌레가 나를 깨운다
간밤에 나의 기도를 들어주셨나 보다
부처님이 비바람을 호되게 꾸짖어 도망갔나 보다
찬란한 햇살로 법당 문을 비춰주시려고

발가락 부처

여름의 끝자락 바람 따라 풍경은
처마끝에 매달려 온몸으로 울어댄다
굽이굽이 계곡물 따라 바람 따라
찾아온 불자님 법당에 주저앉아 부르튼
발가락을 끌어안고 낑낑대는 소리
스님의 염불 소리 목탁 소리
산천을 울리는데
와불 부처님도 등 뒤로 제쳐 두고
발가락 부처에게 중얼거리며 기도하는구나
마음은 이미 저 밑 사바세계로 내려가고
텅 빈 몸뚱이만 가슴에 안고
혼돈 속에 헤매는 그 모습이 좌불안석이구나
부처님 법도 스님 염불도
불자님 마음자락이 너무 작은 것 같다
힘들게 올라오던 불심은 어딜 가시고
뼛속 깊이 가두어둔 아픔만 기도하는구나
아 뿔 싸, 저 둥지 속 새는 이미 바람 따라
날아간 것을

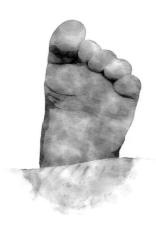

매일 옷을 적시는 스님들

불사도량에 운력하는 스님들은
늘 승복이 젖고 더럽혀진다
하지만 스님들의 입가에는 늘 웃음이 있다
잔잔한 미소 속에 행복함이 느껴진다
그 모습이 바로 반야의 미소 자비의 진여가 아닐까
청명한 미소의 마음 생명의 물결이 그윽이 흐르는
마음의 원천인가 보다
서로 믿고 서로 자유의 선택하에 생이 멸할 때까지
의지하는 마음이라는 동질성 위에 모든
생명이 하나일 수 있다는 확신을
우리 스님들 희망에 미소를 보며 나의 마음을
용솟음치게 한다
모양도 없고, 형상도 없지만 항상 설법 도량에
정진하고 있으니 운력복이 젖어있고 더럽혀져 있어도
더럽혀진 옷만 보지 말고 마음의 눈을 뜨고 보라
해맑은 웃음을 띠는 그 얼굴이 참다운 수행자의
모습이니 다시 보시게 눈만 뜨이는 것이 아니라
마음의 귀도 열린다네
이것을 불교에서는 무정설법이라고 한다지요

서당골

관음전 골짜기를 서당골이라 한다
옛날 양반님네들이 서당을 지어놓고
공부했었다고 한다
지금은 덩그러니 기와집 한 채만
남아있지만
마주 보는 관음전 스님은 먼 옛날
이곳에서 공부한 유생들을 생각해 본다
산에 올라와 관음전에 간절히 기도했을까
서당에서 공부하던 그때의 현실도
지금처럼 냉정하고 험난했을 것 같다
한양에 과거급제 시험을 보기 위해 공부하러 가던
그 유생들은 과연 어떤 자리에 어떻게 살았을까!
누구든 지금이라도 찾아오는 나그네가 오실까
오늘도 산문 앞에 서서 서당 앞을 서성이며
풀벌레 소리에 스님은 귀를 기울인다

취나물꽃

늦게까지 피어있구나
촉촉한 이슬 머금은 꽃망울이
너를 살리고 나를 살리는구나
산나물 중 가장 으뜸이라고 해서
참취라고 한다지
안개꽃처럼 잔잔한 꽃이 향기를 품을 때
그 향기에 취해 있을 수가 없구나
날 쌈으로도 좋지만 쌉싸름한 맛 때문에
우리 노스님 입맛 없으실 때 최고의 신선한
향나물이 달다고 하시며
상큼한 맛 때문에 10년은 더 살겠다 하시니
90이 넘은 연세 백수하시겠습니다

뜰앞에선
뽕나무

꽃이 없어도 잎사귀가 참 곱고
윤기가 반들반들한 잎사귀
잎이 떨어져도 파릇한 줄기
더욱 아름답다
뽕나무는 네가 모르는 미학적인
존재가 있는 것 같다
푸른색이 미묘한 기운의 흐름이
편안함과 시원한 바람을 주지만
뽕나무 그늘 밑에는 개미의 삶이
격렬한 소리 없는 전쟁터다
단단한 흙에 박힌 뿌리 속은 움찔움찔
얼마나 힘겹게 견뎌줄까
줄기 잎으로 뻗어 나오는 것 보니
뽕나무가 승리로구나!

매미소리

멍하니 법당 마루에 앉아있다

귀에 울리는 소리를 따라 마음이 움직인다

청명한 물소리 싱그러운 자연의 바람소리

바람이 싣고 온 상큼한 풀꽃 향 내음

산에 사는 행복감이다

잠시 잠깐 방해꾼이 날아왔다

어디가 고향인지도 모르는 매미 한 마리

어찌나 울어대던지

고요하던 나의 마음이 초긴장 상태로 변해버린다

어이구 저놈의 매미를 훌쳐버리면

자연이 나에게 벌을 주겠지

이제껏 쌓아온 행복한 마음 없어지던지

둘 중 하나겠지 자연의 소리에 이끌리지 말자

바깥세상의 소리라 생각하고 들리는 매미울음 소리

풀피리로 생각하고

가던 걸음 멈추고 살랑살랑 부는 바람소리

상큼한 소리로 정신을 깨워보자

내 주변에 서성거리는 모든 소리 친구삼아

단잠이나 자 보자

무아지경 아! 오늘도 친구 하나 사귀었네

혼자 아닌 둘이 있어 행복하다네

복실이

목줄에 메어있는 너를 보니
나는 사랑스럽다
예쁘다고 하지만
어떤 이는 너를 보고 처량하다고 한다
비에 젖은 너의 몸을
나에게 업어 달라
안아 달라 뒹굴지만
장대비에 나는 처마 안으로 몸을 피한다
비에 젖은 너에게 손 닿을 듯 말 듯
행동에 너의 몸을 다 버렸구나
사랑스러운 것도 처량한 것도
아니니 너도 집으로 들어가렴
내일이면 젖은 것도
자취 없이 사라진단다
오래오래 너랑 함께 살자
너랑 잠시 머문 시간이 행복했다

파란 대추

소원탑전 옆
바람에 일렁이는 대추 열매
잘난 대추 못난 대추
비바람에 모든 고통 다 맞으며
파란 볼은 더욱더 눈부신 모습이다
대추 볼에 맺힌 빗물은
나의 눈에 찬란한 만큼
맑게 보이는구나
산중에 가만히 앉아서 흐리멍덩하게
생각만 가진 나를
너로 하여금 멈추어 있던 내 생각을
깃발 들고 바람에 날리듯이
내가 살아있음을 깨닫게 하는구나

태양아! 고맙다

산자락 언덕 위
외딴 작은 절집 장대비가 멈추었다
영혼마저 힘들 만큼 많은 비가 왔다
빈 골짜기로 흙탕물이 계곡을 범람하고
외가닥 폭포도 형태도 없이 변해버리더니
어느새 조용히 소리 내어 흐느끼며
계절의 순환에 몸을 말린다
스님들은 바쁘게 고무신 저벅거리며 쫓아다닌다
맑은 하늘은 빈 구름 홀로 몰고서
맑은 하늘 사이로 한 조각 한 조각 밀어가는구나
태양아! 너는 어디를 갔다 왔니?
흙먼지가 싫어서 잠시 구름 뒤로 숨어있었니
폭풍우로 지친 수해 민들을 위해 힘내시라고 응원하려고
힘내시라고 찾아왔구나
태양아! 고맙다
부처님 전에 네가 온 것을 전해줄게

계곡물

날씨가 몹시 무더웠다
홍인이 친구들 무경, 재희, 시후
이렇게 세 명이 찾아왔다
홍인이는 계곡으로 친구들을 데려가
물놀이를 시작한다
온통 왁자지껄 난리 통이다
조용한 산사에 아이들 소리가 울려 퍼진다
염불소리보다 더 크게 들린다
관음전 앞으로 흐르는 계곡물도 아이들과 놀며
신이나 졸졸 흐르는 물에 풍덩 목욕을 한다
얼마나 시원할까?
아이들이 부럽다
시원한 계곡물이 자비와 사랑으로
운하 하여 변치 않는 친구들이 되었으면 …하고
합장 발원 기도해 본다

금빛 꽃

법당 옆 금빛을 띤
노란 꽃이 피었다
노란 꽃이 오렌지 속살처럼
먼지 한 방울도 용서 안 되는
너의 자태에 잠시 감탄한다
긴 목을 쭉— 빼고 가누기
힘든 몸매를 강풍에서도
긴 장마 비에도 예쁘게 피었구나
비바람에 흔들리고 흔들려도
부처님 손 꼬옥 잡고
있는 모습이구나
너를 보며 중생들은
희망의 꽃이라고 생각할 것이다
금빛 꽃향기가 빗물에 씻겨
온 대지를 적셨으면 좋겠다

목화꽃잎 관세음보살

폭풍우가 지나고 간 오후
보일 듯 말 듯 한
아름다운 언덕 저편에서
세찬 바람이 몰고 온 비바람도
두 손 모아 합장하며
잔잔한 비바람으로 변한다
자비하신 부처님 친견하려고
이렇게 여기까지 세차게 달려왔나 보다
스쳐 가는 비바람은
합장할 수 없음에 목화 꽃잎 하나 날리어
관세음보살님 한 손에 고이 받쳐 주신다
하얀 꽃잎이 님을 향해 부처님 뵈옵기를
간절히 기도하는 것 같다

부처님 머리 위 활짝 핀 무지개

오전 내내 대지를 적시던 비가 오더니
오후 5시경 대지를 반짝반짝 말리고
장독대 위 물방울이 흰빛 꽃잎을 투과하여
빛과 항아리의 조화가
은밀한 시간에 법당 위 하늘에는
부처님 오색광채가 뚜렷한
색감을 뿌려주는 무지개가 떴다
산과 숲 대웅전 위에 핀 무지개가
한편의 서사시를 자아내듯…
(아! 하고…) 아름답고 병풍처럼
법당 양옆으로 크게 드리워진 무지개를 보며
사무치게 다가오는 오색찬란한 빛으로
나투신* 부처님의 깨달음이려니 하며
침묵 속에 깊이깊이 새기며
자연의 섭리를 느낀다
온갖 자연의 소리와 법당 염불소리 들으며
침묵 속으로 사랑과 자비를
일깨워 주는 무지개
비 온 뒤 맑은 날의 신비한 섬광과 같다

* '나타나신'이란 뜻으로 불보살의 화현(化現), 응현(應現)을 말한다.

무지갯빛으로 우주 생명체
한 부분의 자연을 보았다

텃밭의 가지

박물관 뒤 텃밭에 심은 가지가 다 익었다
홍인이와 나는 함께 가지를 땄다
이런저런 이야기를 나누며 은근히 홍인이 곁으로 다가가
어깨너머로 넌지시 내려다보며 말했다
"홍인아! 네가 딴 것이 무엇인 줄 아느냐?" 하고 물으니
홍인이는 명랑하게 대답했다
"네! 밥이랑 먹는 약입니다."
적절하고 조화롭게 대답했다
나는 마음속으로
다 커도 내 곁에서 떠나가지 말라는 뜻으로
'홍인아!
언제나 내 곁에 있어주렴,
가지 말고…'

장맛비

온통 하루 종일
추녀 끝에 매달린
풍경소리가 요란하다
바람에 펄럭이며
마구 종을 치는 것을 보니
비바람 몰고 와
한바탕 비가 올 것 같다
거대한 약사여래 보살상의
턱 끝까지 몰려와
먹구름으로 휘감아도
아름다운 미소
인자한 모습으로
나를 쳐다본다
오래도록 내 가슴에
그 모습
담고 살련다

오이꽃

그쳤던 비가 또 오려나
어둑어둑한 구름이
엄습해 온다
노랗게 핀 오이꽃이
마디마디 피어
비가 또 오기만을
기다리는 것 같다
이 어둠이 옅어질 때까지
노란 등불을 켜
잿빛을 밝힌다

그대 속삭임

노오란 호박꽃에
물방울 맺혀있다
스스로 떨어지기를 기다리는데
꽃잎에 맺힌 물방울은
이기지 못해 떨어질까 봐
부처님께
바람님께 기도한다
장난기 많은 고양이가
발로 툭 하고 친다
그래! 늘— 곁에서 함께 하던
네가 있었구나
내 맘과 같이 너랑 같이
놀고 싶다
그냥 하루만이라도
이 꽃이 다 할 때까지라도
내 곁에 남아주면 좋으련만
너에게는 세상살이
놀거리 즐길 거리
아닌 게 없구나
무거운 짐 털어주어
감사하다
네 덕분에 가볍게 또 하루를 보낸다

풀꽃

오늘도 풀꽃들이
향연을 이룬다
화려한 옷 입고서
자태를 뽐내는데
어디선가 왱— 하는 소리에
깜짝 놀라 바라보니
풀을 베는 작업을 하며
깨끗하게 다듬는구나
세간살이 다 그런 거지 뭐
칼날에 부딪힌 상처에 묻힐지라도
꽃 속에 숨은 향기는
또다시 자손들에게
즐길 터전을 촉촉이 마련한다
상처 난 흔적을 지우며

바람과 함께

맑은 하늘
오랜만에 본다
도량의 틈새
바람과 함께
와불 부처님 영접하니
탑에 새긴 소원성취
어찌 그리 내 마음과 같을까
그대와 내 마음이 같다면
저 하늘 파란 보자기에 싸서
와불 부처님께 올리고 싶다
천년을 되돌아 살아 숨 쉬고
하얀 새털구름 바람과 함께
날려 보낸다

어제와 오늘

소낙비 그치니
폭염 경보가 울렸다
더위가 사람을
더욱 지치게 한다
어제까지 물 폭탄의 무게만큼이나
며칠 동안 긴—장마 전선!
어제와 오늘이
완전히 반전되었다
비 갠 도랑엔
아직 비 맞은 꽃잎이 축 처져
젖은 몸 마르기 위해 늘어져 있는데
웬 날씨는 푹푹 습하면서 찐다
지긋지긋하게 비가 오더니만
이제 장마 끝이려나
몹시도 덥네
나뭇잎 그늘 밑에 앉아
잠시 쉬어본다

애호박

지금부터 더위가 시작인가 보다
질긴 장마와 투쟁을 하더니
뜨거운 바람에 밀려갔나 보다
애살스럽게 피어있는 담장의 호박꽃이
여름을 알린다
무작정 호박은 달리나 보다
주렁주렁 더운 여름
스님들에게 곱디고운
자기 살을 내어준다
자비가 넘치는 넝쿨이다
내가 바로 미륵불이 아닌가 하고
감사기도 드린다

나리꽃

무심히 지나치다 슬쩍 이름도 모르는
묘등에 갔더니
민낯으로 핀 나리꽃
여기까지 와서
아름답게 피었구나
울긋불긋 수술을 길게 달고 있는 것이
참 못생긴 것 같은데
향기 하나는 극락이다
내가 맡은 이 향기가
너무 과분할 만큼 향기로워
아름답다고 해 줄게
새파랗게 앉아있는 풀잎 사이로
새소리, 바람소리 화려한 유혹에
수줍은 얼굴 붉은 점 가득히
홍조로 피었구나
나리꽃 너도 전생이 있니
얼굴에 주근깨 가득한 것이
나를 닮은 것 같구나

고추꽃

한 승려가 법당에서 할 일이 없어
심심하니 염불만 한다
사람들은 향기와 즐거움을 찾는다
채마밭 잡풀들은
나의 삶 맛을 느낄 수 있게
움직이게 한다
밭에 핀 고추꽃은
작고 예쁘고 앙증맞지만
열매는 아주 잔인하게 맵고 아리다
스승이 따로 없다
형상만 보고 판단하지 말라고
색과 공이 둘이 아닌 것을 알았습니다

꽃잎 법문

그대는 훗날 아름다운 내 염불소리 들으실까?
끊임없는 폭염에 부지런히 염불하다가
너무 더워서 염불 노래 못 하겠다
이 심심산천에 불을 붙이듯
나무와 꽃잎은 축 처져
죽을힘을 다하고 내 머리 위에 얹어놓은
밀짚모자 오늘따라 시원하구나
애달피 매달린 꽃에 시원한 밀짚모자
그늘을 지워주며 나도 내 몸도
그 꽃자리에 주저앉아
시원한 가을 기다려 보자
아까 다 못 한 염불 또 중얼거린다
멍하니 그 자리에 앉아 꽃잎 쳐다보며
지쳐있는 꽃을 보고
또 법문하려 하는가
바람과 함께 살다가
서로 떠나는 것이라고…

냉국수

바람 한 점 없는 오후 시간!
민둥한 머리 위에 앉은 태양은
타는 듯한 김의 연기처럼
온몸을 휘어 감는다
금세 쓰러져 버릴 것 같은 오후다
시원한 냉국수가 생각난다
유난히도 흰 냉국수
젓가락에 말아 올려
나의 뜨거운 가슴속 깊은 곳에
질서 없이 막 밀어 넣고 싶다
아ー 운명의 음식 만들어
마음속 깊이 실 뭉텅이처럼
둘둘 말아 정신없이
밀어 넣어 본다
금세 가슴 시리듯
불붙은 이마의 연기도
허공중에 허공으로
시원한 냉국수 속에
진여가 있었구나

두루 막 입고 폼 한번 잡아보세

도량의 풀은 오늘도 멋대로 우거져
풀밭이 되어 있다
8월 휴가철에 어김없이 고향 방문객들
줄지어 올라온다
그저 스쳐 가며
야들아! 거기는 풀밭이야
풀 없는 길 쪽으로 가야 해
오늘 아침 내내
시원할 때 풀 뽑은 곳이
길로 보였나 보다
깊은 산중 절집 도량
왜 이렇게 크게만 느껴지는지
오래오래 내년에 고향 올 때
또 오시려면 풀 한 포기 뽑아 주소
풀을 좋아하는 짐승
고라니는 아쉬워하겠지만
나는 무척 힘들다오
천년만년 보존할 대웅전 기둥에
이끼 끼게 할 수는 없잖소
승려 혼자 중얼중얼
나도야 까슬까슬한 두루마기 입고

살랑살랑 바람 따라 고향 가고 싶지만
도량 신께 부끄러워 적삼자락에 얼굴을 묻고
그래 달뜨고 별 뜨면
그때 두루막 입고 폼 한번 잡아보세

매미의 울음소리

매미는 입으로 소리를 낼까

맴맴맴 날갯짓으로 소리를 낼까

너의 우는 소리가 귀를 파고들어

좌선하고 있는 승려의 마음을 뒤집고

아주 가슴을 파고드는구나

장독 뒤에 숨어 잠자던 고양이가

나무 위에 올라가 너를 쫓으니

얼결에 무릎을 탁! 치며

모두들 조용히 좀 해라

천수 천안 관세음보살처럼

좌선하고 앉아서 손만 흔들며

내가 일어나 워이– 소리치지 않아도 돼서

얼마나 다행인지

대자연이 주는 깨달음 아직 알지 못해

매미와 싸우고 있구나

땅콩 캐는 날

땅콩을 조금 심어 놓은 텃밭에
땅콩보다 캐는 사람이 더 많다
한쪽에는 이미 캐서 생땅콩을 까서 먹는 사람
한쪽에는 캐서 삶아 먹고 싶은 사람
자연스러운 삶의 흐름인 풍경이다
땅콩 한 알에 모든 인간의 존재를 맡기고
먹는 것부터 생각하며 이렇게 삶으면 맛있고
저렇게 구워 먹으면 맛있다 하며
캐는 건 뒷전이고 이렇게 먹을까
저렇게 해 먹을까 모두들 얼굴에
웃음꽃이 핀다
어떻게 빨리 캘까 하는 마음보다
땅콩의 고소함에 도취되어 있다
우리 삶에 맛있는 먹거리는 중요도 최고 순위다
견물생심 보고 먹고 싶다는 생각은 속인이나 승려나
똑같다 아니 조금 틀리다 나는 삶아서
부처님 전에 먼저 올려 올해의 수확을 감사하며
먹는 즐거움을 그다음 생각할 것이다
오늘은 땅콩을 어떻게 먹을까 하는 먹는 감정보다
수확의 기쁨이 더 컸으면 좋겠다
이러다 오늘 서로가 땅콩의 노예가 될 것 같다

몇 알 되지도 않은 땅콩
오늘 수확 다 할지 모르겠네

가을 한낮 오후

오늘은 왜 자꾸 잠이 오지?
오직 깨어 있으라 항상 정신 똑바로 차려라
하시며 졸고 있는 나를 죽비로 어깻죽지를 탁! 하고
쳐 주시던 스님이 오늘은 그립습니다
"늘 졸면서 어떻게 일체중생을 제도하겠니" 하며
늘 깨워 주시던 스님이 고인이 되셨지만 그립습니다
스님 그때를 생각하면 난 억세게 재수 좋은 놈이었습니다
장작 패 논 나무 덤이 뒤에서 졸고 있어도 스님이 계셔
지혜와 복덕을 두루 받으며 내가 선택한 일에
후회 없이 살 수 있었습니다
지금은 내가 주지가 되고 나니 졸고 있어도
나를 죽비로 탁하고 깨워주시는 스승이 없습니다
오늘따라 가을바람은 살랑살랑 불어와 자꾸만 나를
졸개 만들고 좌선한답시고 앉아있으니
꾸벅꾸벅 졸리기만 합니다
살랑살랑 부는 바람에 꽝 닫히는 법당 문
소리에 깜짝 놀라 잠이 확 깹니다
아휴, 가슴이 두근두근 부처님이 이놈!
하며 놀란 내 모습에 빙그레 웃으신다
나도 같이 부끄러워 빙그레 웃는다

절집 정자

고풍스러운 자태를 뽐내고 있는
육각형 정자의 주변 경관은
마치 깊은 숲속에 들어온 듯한
착각이 든다
사계절 색다른 모습이
한국화를 완성해 놓은 것 같다
빼어난 경관이
한눈에 들어오니 말이다
정자 끝 추녀에
떨어지는 빗방울도
아름다움에 스며든다
어느새 장마 끝 햇볕이 쨍하다
바람마저 시원해
신선이 놀다 가겠다
세상사 번뇌, 망상, 근심, 걱정 다 내려놓고
나도 한번 놀아볼까
신선이 부럽지 않다

계곡물

우거진 숲속에서 흐르는 계곡물소리 들으니
일상의 피곤함과 버거운 삶의 두께가
말끔히 씻기어 내리는 듯하다
삶에 지친 중생들이여
이곳에 와서 나무가 되고 돌이 되고
꽃이 되어 자연과 한 모습이 되어
자연에서 삶의 근량을 저울질하지 말고
깨끗이 씻어 자연으로 돌아가자
그것이 삶의 원천이고 생명력이다
피로에 지친 발만 계곡물에 씻어도
모든 시름 다 벗어 버리고
텅 빈 가슴만 시리다
삶이란 물 위에 물이 없고
길 위에 길이 없듯이
계곡물은 맑아서
내 모습, 내 마음
한눈에 들여다보인다
부끄럽다

그리운 어머니

출가하던 날
어머니와 헤어지던 날
얼마나 울었던가
좁다란 동구밖길 사이로
손을 흔들어 주시던 어머니
그리운 어머니
흙냄새 물씬 풍기는 정 묻은 고향을 떠나
부처님 품으로 가고파
한달음에 달려 나왔다
기어코 안 된다고 가지 말라고 애원하시던
어머니, 그립습니다 보고 싶습니다
흰머리 희끗희끗한 나이가 되고 보니
이젠 기억마저 희미해진 세월이 되었네요
보고 싶은 어머니, 만날 수 없고, 말조차 잃은 채
눈물만 흐른다 그때 왜 그랬을까
한번 사랑한다고 안아드리고 헤어질걸
무엇이 그리 급했을까
어머니 사랑하는 마음으로
깊어가는 그리움 속죄하는 마음으로
맹세코 승려 생활 잘하겠습니다

백로(白露)
―24절기 중 15번째 절기

오늘 아침은 유난히 안개가 자욱하다
눈앞의 시야 좁은 것을 보니
이슬이 내리는 백로 절기이구나
가을바람이 꽃잎을 피울 때 더욱더
아름답게 보이려 이슬을 머금고
반짝반짝 혼자 고독하게 핀 꽃잎이라도
자연의 절기를 알리며 머금고 있구나
초겨울의 차가운 공기가 오기 전에
아름다운 꽃을 피워 이 승려의
코끝에 향기로운 꽃 내음을 풍겨주려 하니

절집 주변의 모든 풀을 뽑지 말아야겠다
조금 있으면 고독의 옷을 갈아입고
절망의 낙엽이 되어 어디론가 쓸려 갈 테니
새소리 바람소리 들으며
가장 살기 좋은 계절이라 생각하시고
오늘 아침 좋은 모든 계절 다 같다 생각 마시고
조금 있으면 하늘에 해는 또 떠서 너의 젖은 몸을 말려
파란빛 다 할 때까지 즐겨 보거라
너의 잎이 없으면 어느 곳에서도 너의 꽃을 볼 수 없으니
이 백로 절기 날 이슬을 생명수라 생각하시고
아름답게 꽃이 되어주렴

사찰 음식 반 수제자

초가을 볕 무지갯빛 해맑은
한가한 오후 사찰음식의 제자가
맛있는 음식을 만들어와 나를 반긴다
오늘따라 초가을 햇살이
해맑은 제자님의 마음 같구나
사찰음식 배우던 인연의 끈
이렇게 또 만나니 더없이 반갑구나
한 줄기 바람 같이 허공에 날려 버릴 줄 알았는데
몇 년의 세월 속에 나를 기억하는구나
내 사랑하는 제자의 가슴을 적실 때까지
부처님 전에 기도하리다
잘 사소서 행복하고 건강하게
오늘 지은 공양 복이 한정된 복이라도
내일 또 지으면 울타리 넘어 영원한 복이 온다 하니
다음에 올 때 또 맛있는 공양 복 지으시게

커피 한 잔

가을이 깊어만 가는 것 같다

나뭇잎들은 갈색으로 물이 들고

서산에 걸려 있는 붉은 노을이 고독하게 보인다

계절 잊은 풀잎들 아직도 계절도 없다

작은 바람결에도 초록 잎새는 춤을 추며

목마른 가지에 연신 빗물을 적셔 하늘을 향해

파란 향을 뿜어내지만 외로움 끝에 피어난 코스모스

한 송이 한 송이 모두 다 부처님 얼굴처럼

평온하고 온화하게 미소를 짓는다

코스모스길 따라 여행하는 나그네 올까 봐

절집 문은 항상 열려 있다

이따금 커피 한 잔 들고 오는

신도님들 있기에 우리 스님들은 외롭지 않다

코스모스 꽃잎 향기에 곱게 물든 단풍잎

커피 한 잔에 담아 마지막 가을 이야기 다 떨어뜨렸네

아뿔싸! 이 가을 다시 돌아올 수 있을까

새벽 기도

경상북도 상주의 백원산 기슭 맑은 물
두 갈래 계곡을 이루어 흐르는 중간에
산수 좋은 풍경이 불자들의 발길을 이어가고
울창하게 우거진 숲길 오르다보면 심심찮게
알밤이 떨어져 합장하며 두 손 모아
주워 먹고 서 있는 다람쥐도 만난다
절에 올라오면서 알밤도 줍고
쉬엄쉬엄 올라와 보면 온몸으로 불심을 느낀다
수려한 도량은 활발하게 포교활동을 하며

친절히 반겨주는 스님들이 계신다
절의 내실을 다지고 상주 시내 도심이 보이면서
산 중 속의 조용한 사찰이다 보니
새벽 공기 가르며 예불 동참하는 불자들을 만난다
매일 아침 큰 희망을 가지고 가려 한다
늘 마음은 희망과 뜻이 생기면 허하게
비우는 것도 있으니 매일 기도하는
불자님이 부처님 모습입니다

파란 하늘

수림이 울창한 깊은 산 중 웅장하면서도
저 하늘 높이 솟은 산은 해와 달도 오가며
쉬어갈 만한 곳에 반듯하게 자리 잡고 있다
마음 다스리는 죽비소리 귀로 다스리는
목탁 염불소리도 고요하다
산이 좋고 물이 좋아도 사람들조차 이곳에 오면
천근만근 짊어진 자기 업을 내려놓고
조용히 한숨 한번 크게 쉬면서 기도 삼매에 든다
법당의 염불소리 들려도 흘러가는 구름과 같고
물이 흐르는 계곡과 같다
산다는 것은 가슴 깊이 푹 파여 시린
응어리가 되어도 비우고 또 비워
그저 작은 기억만 남기시고 그 상처가
그리 아파도 자기 몸 태우며 향기가
나는 향 하나 사루어 향 연기 벗이 되어
작은 아픔마저 저 파란 하늘에 훨훨 날려 보내주소서

수행자님

숲길을 지나 곱게 물든 단풍잎들 사이로
가을이 힘차게 들어선 어귀에
경전 하나 옆에 끼고 걷는 행자님
모습이 저리도 힘이 없을까
아니면 승려의 삶과 지혜 열리는
생이 저처럼 무거울까
해는 중천에 밝았는데
아직 선잠 속에 허우적거리는 것 같다
세상사 속인이나 승려나 삶은
다 만만찮아 힘든 거라고
세상에서 가장 크게 한 번 웃으며
너의 몸속에 밝은 부처님
등불 밝혀 들여다보라고
화들짝 놀라 도망가는
속세의 번뇌 망상 붙잡지 말고
부처님 자비 광명 부여잡고
힘차게 한번 살아 보라고 일러줘야지

고된 불사 울력

법당 염불소리 나지막이 들려온다
불사에 혼을 받친 스님들은 된장독에 장을 담으며
한 점의 욕심도 부리지 않는다
비록 몸은 울력을 하고 있지만
마음만은 법당에서 염불스님과 동참한다
장엄한 부처님 전 모시는 집 짓기 위해
대중 스님들의 대 울력의 힘든 신음소리가
염불소리로 승화하여 귓전에 메아리친다
수행자로서 감로수 한잔으로 목축이면 또 힘이 샘솟는다
법당의 염불 독경 소리에 모든 힘든 번뇌
한순간에 사라지고 수미단 위에 금빛 찬란한
부처님 법석 깔아놓고 관세음보살님 모셔와
앉아 계실 것을 생각하면 고된 노동 울력 바람에 넣고
현생에 불국정토 이루리라

국화꽃 향기

이마에 땀이 송글송글 맺혔는데
코스모스 향기가 콧등을 스친다
삶이 바빠 분주히 살다 보니
가을이 온 것을 생각할 겨를도 없었다
스치는 국화꽃 향기 바람에 실려
석양에 물드는 와불산 부처님 전에
이 향기와 아름다운 꽃잎을 전하고 싶다
맑고 향기롭게 풍경소리 들으며
가을 저녁노을이 너무나 아름답다
청렴한 수행자로 땀 흘리며
침묵 속에 정진한다

귀뚜라미소리

구월이 되니 제법 날씨가
선선해져서 살만하다 못해 행복한 날씨다
하늘은 푸르고 날씨는 화창하다
그 무성하던 잎들은
하나 둘 떨어져 낙엽이 되고
하늘에서 쏟아져 내리는 햇살은 신선해서 좋다
자연이 주는 이 행복함과
가을 들녘 곡식이 익어갈 때
땀 흘린 농부들의 행복감과
추수의 만족감은 어느
무엇에도 비교할 수가 없을 것이다
귀뚜라미소리가 인생을 느낄 만한
나이가 되었다는 생각에
올해부터 가을은 유난히 행복하고 싶다
천천히 걸어가며

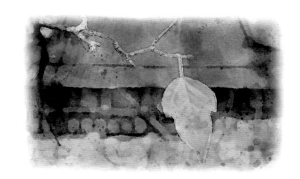

마지막 잎새

물감을 뿌려놓은 듯
알록달록 물든 단풍잎들이
맑고 깨끗한 계곡물을 따라
온갖 색을 물들인 나뭇잎 배를
만들어 세속의 찌든 마음,
번뇌 망상을 싣고서 참배라도 하듯
멈추었다 사라진다
자연이 빚어놓은 기암절벽 아래로
뚝 뚝 뚝 한 잎씩 떨어지는 것이
중생들의 아픔도 떨어져 멀리멀리
흘려보내고 싶다
스님들의 목탁소리
간절함으로 이어지고
지나가던 다람쥐도 합장하며
자연에 머리 숙인다
마지막 남은 잎새가 바람결에 흔들리는 모습에
익어가는 인생 무상함을 느낀다

옛 모습 그대로

불교에 귀의하여 불사를 이룩하여
천년 고찰 모습을 그대로 복원하였다
가장 오래된 아름다운 청동 유물들
울창한 수목 사이로 옛 선비들이 기도하고
공부하던 곳이 그대로 남아있는
이곳에선 부처님의 지혜가 열리고
마음은 평화롭고 안락함이 극치에 있으니
어찌 명산 중에서도 으뜸 사찰이 아니겠는가
부드러운 산세는 부처님 자비심이요
한국사람 고유의 맛을 자랑하는
멋과 맛을 가득 담은 도량 너머
옛 모습 그대로 우뚝 서 있지만
유생들은 어디 가고 활짝 핀 벚꽃만이
함박눈을 만들어 뿌리며
옛 고승들과 유생들이 도란도란
이야기꽃을 피우던 곳이 서려있다

너희들이 이 맛을 알아

가을바람에 꽃잎을 따다가
부처님 입술에 붉게 물들인다
천년고찰 순결을 간직하고
고즈넉한 저녁의 분위기는
스님들만 느끼는 시간이다
세속에 있으면서 청정함과
자연의 지혜가 열리는 불국정토를
속인들인 너희들이 어떻게 알겠노
깊은 골짜기 우거진 대자연이
만든 물안개 속에 춤을 추는
풍경소리 솔바람에 신고 계곡물
청수 떠서 인적이 드문 산사에
인생무상을 찬탄하는구나

예불

신성한 성지에 법당을 밝힌다
화려한 꽃 살 무늬 대웅전 문살 사이로
빼곡 이 광채가 밝아지면서
중생 무명 밝혀주는구나
천혜의 아름다운 경관이다
앞산은 온통 울긋불긋 물감을 뿌려놓은 단풍
맑고 깨끗한 계곡물에
속세에 찌든 마음 다 씻어
겸손한 마음으로 예불 올리오니
굳건한 믿음의 도량으로
항상 거듭나게 하여 주소서

초가을

큰 쇠솥에 불을 댕겨
묵묵히 콩 익기만을 기다린다
어느새 창호지에는 붉은 단풍을
주워 와 문살에 붙이고
출입문 양옆에 국화꽃이 만발하다
평화롭고 풍요로운 가을이다
작고 아담한 관음전 주변은
산세가 화려하고 수려하여
보기만 해도 무릉도원이다
고풍스런 멋과 운치가 옛 모습
그대로 간직하고 자연 쌓아
돌담으로 감싸니
관세음보살님 집이 되어
한 폭의 동양화 같다

칠석 기도

영겁의 세월 허물어진 몸뚱어리
자식 사랑하는 마음은 수정처럼 맑다
그저 자식 걱정뿐
내 저물어가는 육신은 그저 부처님 전에
맡겨 두고 북두칠성, 칠원성군님
우리 새끼들 무병장수하게 해 주소서
빠른 걸음으로 가파른 산길 기어 올라오면서
그 흔한 풀 향기도 못 맡고 솔바람에
땀 한번 못 식히고 그저 가슴 저미도록 새끼만
품는 모습들이 하나같이 똑같은 모습이다
세상사는 법이 다 그런 것이겠지
그래서 죽음도 돌아간다고 하지
분수처럼 솟구치는 불자님들의 간절한
마음 칠원성군님께 기도로 전하니
오늘따라 북두칠성이 반짝반짝
더 빛이 나는구나

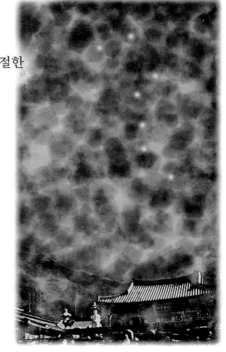

거룩하신 부처님

매미소리 귀뚜라미소리 소설 바람소리와
함께 여름은 서서히 가고
가을의 문턱에 시원하고 선선한 바람이 밀려온다
절도량엔 가을빛이 쏟아진다
대웅전의 단청에 울긋불긋
단풍의 아름다운 융단이 깔려 있다
여름이 가고 가을의 붉은 노을빛으로
단청은 더욱더 반짝이며
오방의 아름다움으로 새로이 깨어나
처마 끝에서 붉은빛이 뚝뚝 떨어져 내린다
해맑은 단청이지만 고요하게 서 있는
묵지(默識)*한 그림처럼 노을빛과 가을바람이
도림사 법당을 따뜻한 부처님 손으로
쓰다듬고 있습니다
당신의 거룩하신 여러 모습을 보며 자연의
삶을 찬탄하며 부처님께 돌아가 의지하며
세존은 가장 높고 거룩하시다는 것을
오늘 또 느낍니다

* 말없이 말의 참뜻을 깨닫거나 기억해 둠.

와불산 부처님

가을바람이 불어오는 날
하늘은 더 높이 푸르러지는데
한가히 먼 산만 쳐다보다가 깜짝 놀랐다
너무나 아름다운 단풍옷을 입고
너울너울 아지랑이
춤을 추는 와불산 부처님!
나 혼자 보기에 감당하기 힘들 만큼
가슴이 벅차올랐다
쓸쓸하고 고독해지던 내 마음을
사정없이 흔들어 놓았다
내가 사랑하는 와불 부처님
나를 좋아하시던 부처님이 어디로 가시려고
붉은 단풍옷을 입으시고 단장을 하시는가!
아, 와불산 부처님이시여!
부처님과의 사랑
아직 다 받지 못했으니
온몸에 단풍물 들어도
떨어지는 낙엽이니 꼭꼭 숨겨둔 우리 부처님
사랑 잊지 않고 이 가을만 보내세요

구름

문득 창밖을 보니
하늘이 더없이 푸르고
구름은 몽실몽실 솜사탕 같다
아! 저 구름 타고 빼어난
백원산 풍광이나 즐겨볼까?
그림 같은 산수화를 펼쳐 놓은 듯
맑고 깨끗한 흰 구름은
숨바꼭질하듯 백운산 작은
봉우리는 숨은 듯 솟은 듯
능선을 타고 하늘 높이 올라가
산자락을 맴도는 산등성이 조각구름을 보는
나의 눈길을 멈추게 한다
산방에서 보는 구름옷 걸친
백원산은 금강산이 따로 없다

합장하는 다람쥐

댓돌 위 다람쥐가
합장을 하고 기도를 한다
부처님께 무엇을 얻었기에
저렇게 합장을 할까?
입에는 볼록하게 한입 가득 물고서
부처님! 감사합니다
돌아서서 나를 보고 다람쥐는
스님! 감사합니다
합장하듯 앞발을 모으고
먹이를 잡고 합장 반배한다
댓돌 위에 흩뿌려 주었던 곡식이다
짐승이나 사람이나 먹는 모습은
모두 행복해 보인다

기도하는 잠자리

따가운 햇살 아래
영혼의 알몸으로 서 있다
감사의 제물을
올리듯 눈을 감고
따가운 햇살도 외면한 채
행복하게 살게
기도하는 모습 같구나
나에게도 황홀한 시간
행복한 삶이 주어질까?
두 손 모아 합장 기도해 본다
환한 웃음의 미소로
합장한 손에
살포시 잠자리가 앉아
도반이 되어 기도한다

도반

그저 하하 웃습니다
보고 또 보아도
매일 매일이 행복합니다
무진장 쏟아지는 빗속에서도
하하 호호 웃습니다
서로 홀로 출가했지만
지금은 나와 똑같은
생각과 행동을 보며
그저 또 웃습니다
홀로 서로서로 웃음 나누며
지금 이대로가 참 행복합니다
우리는 늘 함께하는 도반이라서

국화꽃

따가운 뙤약볕에
국화잎은 시들시들하고
산새소리 물소리 들리지만
뙤약볕을 원망한다
와불산 허리에 감싸 안은 구름은
부처님 등에 실려 둥실둥실 떠 있다
변덕스러운 날이지만
가을 국화 꽃향기는
뿜었으면 좋겠다
초록색 옷을 갈아입은 와불산은
나를 보고 빙그레 웃는다
가끔 어떤 순간에는
와불 부처님 만져보고 싶다
멀리서 바라보는 그리움으로 남기며
침묵으로 삼배 올립니다

법당 & 소풍

법당 마룻바닥 닦는 날은
소풍 가는 날이다
참 거리 바나나 한 송이
싸 들고 소풍 간다
반백이 다 된 지금도
한 달에 두 번은 소풍을 간다
법당 바닥에 줄줄이 앉아
하얀 걸레를 방석 삼아
문지르며 닦는 날이다
요즘은 변덕스러운 날이라
금세 지친다
땀에 흠뻑 젖은 바람결 사이로
햇볕이 살며시 내려와 앉는다
하늘 끝에서 바람을 갈라내고
바나나를 바라보는 해도 잠시
비 온 것을 잊은 것 같다
멀리까지 소풍을 가지 않지만
대청소하는 날은 부처님 전에 올려놓는
과일 마음껏 먹는 날이라 좋다
법당의 동자승은
스님들 사이 틈에 끼여

재잘재잘 소리 내며
하루 종일 시끌벅적
부처님 전에 청소한다

반려견 엄지

얼마나 오래 내 옆에 있어줄 거니?
많은 개를 키워 봤지만
엄지 너는 천하의 똑똑견이구나
어쩌다 이 더운 날 온몸에 털을 뒤집어쓰고 있니
목숨처럼 감싸 안은 살결이 뽀얗구나
밤낮없이 입에 돌 하나 물고
장독대 옆 툭툭 던지며 놀고 있는 엄지
가끔 멍하니 먼 산을 바라보며
앉아있는 너의 뒷모습 보면서
나도 자리 잡고 앉아본다
잠시 있다 보면 엄지는
눈은 반쯤 뜨고
반쯤은 감은 채로 누워버리는구나
내가 그렇게 편하니?
나도 네가 있어 편하구나
나도 편하게 누워볼까

보름달

구름에 달 가듯이
어둠 속을 밝히는
환한 달이 떠오르는
보름이구나
반 덩어리가 어제였던 것 같은데
나는 꽉 찬 보름달을 보며
익어가는 세상을 배웁니다
오늘도 가장 크고 넓은
삶을 배웠습니다
보름달 속 토끼도
오늘은 나에게 큰 힘이 됩니다

풍경

추녀 끝에 매달려
대롱대롱
바람이 불어 주지 않으면
종을 칠 수 없다
이 세상 그 어떤 큰 종도
치지 않으면 울릴 수 없듯이
바람과 비에 젖는 꽃잎도
세월 앞에 장사 없다
기쁜 날 슬픈 날
순식간에 지나가고
그렇게 바쁜 하루
훗날 돌아보니
바람 한 점 없이
대롱대롱
바람 오길 기다리네

구름왕관

태풍이 지나간 뒤 언제 그랬냐는 것처럼
와불산 위에 펼쳐진 구름이
굽이굽이 흰 회색 장삼을 걸친 듯
우아한 모습이다
화려한 햇살이 비추면 와불 부처님
장삼도 벗어 던지겠지
지금은 화려하고 예쁘게 반짝이는 햇살
무늬 왕관을 쓰고 있다
주위의 산들은 호위병들처럼
푸르른 정열로 호위하니
고귀한 자태를 드러내어 뽐내듯
걸쳐진 구름왕관을 벗고
저 먼 서쪽으로 훨훨 날아간다
오고 가는 밤이 무서워
하늘 위 숨어버렸나
내 마음도 하늘을 향해
두 팔 벌리며 이제야 태풍 끝인가 하며
안도의 한숨 짓는다
자연의 만물이 다 한 번씩
때가 되면 스쳐 가는 것인데
이마에 햇살이 비추니
또 폭염이 오려나 보다
무척이나 덥다

가을

사계절의 특성은 너무나도 뚜렷하다
모시 적삼 사이로 시원한 바람이 살짝살짝
몸을 감싸 안는다
폭염에 장마에 참 우여곡절도 많았지만
지금은 시원하고 살만하다 하며 어느 한 계절도
소홀할 수 없다
봄은 봄답고
여름은 여름답고
가을은 가을답고
겨울은 겨울답다
나는 사계절의 순위를 정하여 살아가는
중생이지만 자연의 사계절은 다 아름답다
풀벌레소리, 매미소리, 여치소리 들으며
시원한 가을!
풍요롭기 그지없어 제일 좋다 하지만,
또, 봄이 되면 꽃이 피니 제일 좋다 하겠지
계절마다 피부가 가장 먼저 기온을 느끼며
시각으로 볼 수 있는 자연의 현상으로
변화를 알려준다
앞산의 꽃, 풀, 나뭇잎, 색깔별로 알려준다 해도
그때마다 새로 맞는 절기를 처음 맞이하는 것처럼

자연의 변화를 못 느끼는 무딘 승려로 살 수는 없어
자연이 준 아름다움을 호화롭게 즐기며 뽐내볼까?
가을 무명 적삼 깃을 세우며
가을의 아름다움을 즐겨볼까?

수각에 뜬 달

산사의 보름달은
밝으면서 어둡다
사방은 어두워도 수각에 떠 있는 달빛은
너무 밝고 아름답다
졸졸 흐르는 물소리
수각에 담아 놓으니
큰 달 하나 담겨 있다
저 달 사라질까 밤새워 지켜본다
보름밤이 되면 여지없이 찾아와
수각에 돋을 달아 앉는다
저 달이 없어질까
새벽까지 지켰는데
어느새 보이지 않아
촛불까지 켜 놓고
달빛인지 불빛인지 아침 햇빛인지
비몽사몽 몸뚱어리 멍하니 앉아
수각만 쳐다본다
달님도 내 마음 아는 것일까
시샘하는 바람결에 멀리 가셨다
순식간에 사라지고 달님은 우두커니 앉아있는
승려의 그림자만 남았다

보라색 칡꽃

완연한 가을이 절집 문 앞에 와있다
점점 더 깊이 방 안까지 침범하려고 한다
또 겨울 준비를 하려나 보다
가을의 칡꽃도 색깔이 아주 매혹적이다
달콤하고 향기롭고 꽃 속에 숨겨둔 꿀이 달콤 쌉싸름한
맛 꽃향기 맡으며 가을이 영글어 간다
목이 말라 물 한 모금도 숲속에서는 약이 된다
수많은 나날의 계절 속 가을 절집은 무척 바쁘다
절집 앞마당(도량)은 무지갯빛 색깔로 장식하는
곱고 고운 색으로 물을 올려 잎새에 물을 들인다
화려하게 할 필요 없이 자연이 준 순수한 색으로
각자의 옷을 입고 폼 잡으며 마구 설쳐댈 것 같다
자연 속에 살면서 날마다 날마다 새롭게 처음처럼
칡꽃차 한잔하며 가을의 향기를 달콤하게 느껴본다
굉장한 여유를 부려보려고 해도
가을은 짧기만 한 것 같다
화려할수록 끝이 빨리 오니 말이다
짧은 가을은 내년에 또 오시겠지
지금의 가을은 부처님 턱 아래까지 와있다
울긋불긋 단장한 단풍나무 아래서 부처님의
깨달음을 구하고 싶다

단풍잎
—가을 적삼 먹물들이던 날

몹시도 더운 긴 여름 가니
잠깐 스쳐 간 것 같은 여름, 푹푹 찌는 더운 향기가
어느새 시원한 가을바람 살랑살랑 싣고 와
승려의 삼베 적삼 벗기게 한다
푸른색 뽐내는 단풍잎이 어느새
빨갛게 물이 들어 화려한
붉은 비단옷을 입는구나
지금은 화려하지만 한잎 두잎 우수수 떨어지고 빠지면
낙엽의 고독한 소리 바사삭 바사삭
언덕 낮은 먼 곳으로 가을
바람 따라 날려가겠지
빠알간 잎은 법당 등불 밑에 흩날리고
알몸이 되어 앙상한 가지만
남아도 지금은 너무 아름답고
예쁜단다
이 가을이 다 가기 전 내 옆에서
회색 옷 물들여 입고
단풍 구경 가자꾸나!

가을이 머물고 간 자리

기승을 부리던 늦은 더위도 물러갔다
산뜻한 가을 날씨가 오는 것일까?
제법 선선한 바람이
어깨를 활짝 펴게 하는구나
숨 한번 크게 쉬고
국화 향기 맡으며 하늘을 보니
구름은 희고 산은 단풍이 드는구나
가을 향기 취하기도 전에
휭 하니 지나갈 것 같아
붉게 물든 단풍잎 하나 주워
불경 책 속에 간직하며
가을이 머물고 갔다고 전해줄게

내 마음 비우기도 전에

때 잃은 은행잎 갈 곳을 잃어버려
흩어져 날리고 있다
저 낙엽은 어디로 가나
가는 곳이 어디일까?
한동안 자기 몸을 노랗게
금빛 치장을 하고 춤을 추더니
하늘에서 내린 가을바람을
이기지 못하고 빙빙 돌다가
도량 어느 한 곳에 쌓이면
우리 행자님 낙엽 한자리에 모아
싹 쓸어 버린다
내 마음 비우기도 전에
또 가을을 맞는구나
살다가 서로 떠나는 것은
이별이 아니겠지

늦가을 호박잎쌈

가을 호박잎 사이로
벌들이 호박꽃을 찾아 모여든다
오늘 점심 공양은 호박잎 쪄서
보리밥에 빡빡 된장 끓여 먹고 싶어
승려는 높은 곳 줄기 타고 올라간
부드러운 잎을 따기 위해
작은 키에 까치발을 하고
이리저리 벌을 쫓으며 한 잎씩 딴다
생각만 하여도 즐거운 먹거리다
손가락 사이로 줄 줄 된장 물 흘러도
곱게 입은 무명적삼 저고리에
뚝 뚝 떨어져 얼룩이 져도 좋다

대중 스님들과 함께하는 공양이라면
퍼런색 호박잎 물이 턱 밑에 맺혀도
그 모습이 멋있어 서로 쳐다보며
빙그레 웃으며 맛있게 먹을 거 생각하며
한 잎 두 잎 따서 바구니에 담아
공양 간으로 저벅저벅 걷다 보니
또 가을이 가는구나
지나가는 세월에 무상함을 느낀다

나는 이제 가련다
—칠월 백중기도 중에

험한 세상 너희들을 만나
행복하게 살았다
이제 그만 가야 한단다
저 먼—길을 혼자 가면서
꽃이 피면 꽃놀이하고
새소리 들리면 노래하며
물을 만나면 목을 축이고
나는 즐겁게 갈란다
우리 아들딸들아
이제 웃으며 보내다오
이 세상 다하는 날까지
내게 가장 소중한 딸들아!
내게 가장 듬직한 아들아
내게 가장 따뜻한 사랑으로
보살펴 주는 당신이 있어
걱정 없이 갈란다
깊은 인연 감사했다
잘 살아라
나는 이제 갈란다
스님 염불소리 들으며
모든 슬픔 다 놓고

모든 속세 인연 다 놓고
스님 염불하는 인연 따라
삼보님께 공양 올린 공덕으로
극락에 갈란다

극락왕생하옵소서!
－칠월 백중기도 중에

아미타부처님이시여!
영단 앞에 모인 많은 중생이 보이십니까?
향불 태워 훨훨 아미타 부처님 계시는
서산까지 이 향기 흠향하십니까?
거룩하고 위대하신 부처님이시여!
이 많은 중생이 또 앞다투어 떠나시겠지요?
나 한 사람 떠났다고 만물이 줄어든 것 아닐 것이고
몇 사람 태어났다고 세상이 커진 것도 아닐진대
날씨는 중생들 마음을 아는 것인지
보슬보슬 가을을 재촉하는 비가 내린다
법당 처마 끝에 떨어지는 빗방울에
때 묻은 육신을 깨끗이 씻고
뚝뚝 떨어지는 소리!
영가님들 떠나시는 소리였을까?
슬프기만 하다
잠시 구름 그치니 햇볕이 빗물 거두고
가을 하늘 높은 곳!
극락왕생하는 길을 열어주시네
잠시 염불 삼매에 들면서
영가님은 떠나야 중생들은 그리움이 되나 보다
법신은 오가는 것이 아님을 언제 깨달을까?

단풍나무

어느새 서쪽에서
시원한 바람이 불어온다
붉은색을 잔뜩 지고 와
법당 앞 단풍나무 위에 뿌려놓고
속삭이듯 살랑살랑 물들이고 있구나
홀로 서 있는 너의 나뭇잎에
빨간 꽃을 달아주는구나
이제 막 물든 나뭇잎이
발그레 홍조로 피어난 소녀 같구나
수줍어하지 말고 부처님 전에
가을이 왔다고 나 대신 전해주려무나

조각배

나뭇가지 사이로 불어오는 서늘한 바람
하늘은 높고 산 천지는 청명하구나
서산의 붉게 물든 단풍잎
아직도 거기에 그렇게 매달려 있을까
서쪽 산 아래 흐르는 계곡물 위에
떠내려오는 단풍잎이 네가 아니길
갈잎 하나 조각배 띄우고 어디로 가니
가을 향기 머금고 어디로 가니
엄동설한 찾아서
너울너울 춤을 추며 가는 거니?
내 마음 비우기도 전에
무엇이 그리워 그렇게 가려 하니
가을바람에 노란 국화 향기
쌓이고
더 늦기 전에 풍경 소리 들으며
나 자신을 찾아 화두에 들란다

어미의 기도

눈바람 등에 지고 올라와
법당 한쪽 기슭에 웅크리고 앉아
꽁꽁 언 손도 녹이지 못하고
두 손을 합장하며 기도하는 어미의 모습
내가 아무리 승려로 침묵하며
살아왔지만 그 애련하게
기도하는 어미의 마음속
울음을 삼켜온
사연이 무엇일까
그 어찌 말로 표현하겠는가
살포시 불자님을 안아주며
꽁꽁 얼어붙은 몸과 마음
부처님 따뜻한 가슴에 품고 기도한다,
내가 아무리 승려로 30년 이상 살아도 굳어버린
불자님 마음 어찌 헤아릴 수 있겠는가
지금 여기서는 나의 가슴속도 얼어 버린다
부처님 법력으로 자식 위해 기도하고
어미의 마음을 따뜻하게 풀어
소원 이루게 하여 주소서

천년고찰

뒷산이 병풍처럼 두른 대웅전에
석가여래 빙긋이 웃으며
푸근한 모습으로 나를 쓰다듬어 주신다
내 마음속에 늘 아름다운 부처님
미소를 품고 있다
대웅전 앞은 늘 푸르름이 사시사철
청아하게 맑아
마음 정화를 시켜준다

속세의 찌든 때 묻은 귀를 씻어주고
썩은 냄새 풍기는 몸뚱어리
콧구멍으로 부처님 향기 품어낸다
산세가 수려하고 아름다움이 연꽃에 비교하니
천년의 전설이 합하여 천년 고찰
부처님 친견하고 불자님들 신심
굳건해져 기도 발원지로
부처님 진리의 지혜 도량으로
법 향기 피우고 깨달음 이루게 하는 절이다

콩 씻는 날

초겨울 차가운 공기가 서리를 얼려
눈이 온 것처럼 하얀 아침
차가운 계곡물이 흐르는 산골짜기 우물을
길러 콩을 씻는 손은 꽁꽁 얼어붙는 것 같다
호호 불며 우거진 소나무 사이에 뿌연
연기 내 뿜고 어디론가 갈 곳으로 갈 생각 만드는데
계곡물은 같은 안개 속에 싸여 자장가를 부르듯
졸졸졸 노랫소리로 흘러가지만
시린 손을 잡고 앉아있지도 못하고 콩 씻은
손수레를 밀고 당기고 비틀거리며
따뜻한 안식처로 달린다
우리는 얼른 아궁이 앞에 옹기종기 앉아
침묵으로 대화를 나눈다
오늘도 삶이 있는 행복을 주셔서 감사합니다

문풍지

찬바람에 펄렁이는 문풍지소리 문틈으로
스며 들어오는 찬바람은
내 몸과 입을 얼려버렸다
가슴과 발은 점점 차가워져서 감각이 없을 때
문득 저 문으로 들어오는 바람소리가
보배의 음률이라 생각하면 안 될까?
바깥소리에 내 귀를 팔지 말고 목탁 잡은 내 손끝이
얼어붙어도 염불하는 내 입이 얼어붙어도
용맹스럽게 기도하고 있지 않은가?
　　　억지로 하는 것은 아니다
　　　　이는 어디까지나 피부로 느낄 뿐이다
　　　　겨울이 추운 것은 당연한 것 문풍지가
　　　　　바람에 모두 찢어져도 애써 괜찮다고 괜찮다고
　　　　　추운 마음을 달래보지만
　　　　　바람은 더 크게 문풍지를 흔들어
　　　　　내 마음까지 얼려버린다

향을 피우며…

향은 제 몸을 사르며
온통 주변을
향기롭게 한다
주위의 향기가
온통 얼어붙은 꽃샘추위도
날려버린다
향기에 취한 새들도
날갯짓하며
향기를 옮긴다
그윽한 향기가
이렇게 내 마음을
설레게 할 줄 몰랐다
향기에 취해
세월이 흘러가는
줄도 모르겠다

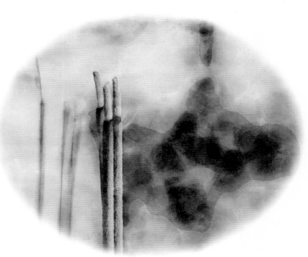